Hans-Manfred Milde

Mechthild

Erzählungen aus Schlesien

Hans-Manfred Milde

Erzählungen aus Schlesien

Mechthild

Zeichnungen: hamami
Titelfoto: Hans-Otto Holzapfel
BoD – Books on Demand, Norderstedt
ISBN 978-3-738622-66-9
1. Auflage: 2015

„Deine Jungfräulichkeit wäre ein Geschenk für mich."

Die sonore Stimme, die diesen Satz im verwinkelten Kellergewölbe unter dem großen Schloss leise hauchte, bekam einen dräuenden Widerhall. Die Worte wogten und kamen von vielen Seiten in Wellen zurück.

In den Ohren der jungen Magd, die erschreckt ihre vielfältigen Röcke wie eine Kordel vor dem zitternden Körper in eine Spirale drehte und krampfhaft festhielt, lösten sie jedoch Erschrecken aus, aber auch bange Erwartung.

Sie war neu im Schloss, die junge Mechthild, vor drei Tagen erst eingestellt zur niederen Arbeit in Küche und Keller. Weder die Örtlichkeiten, noch die genaue Verrichtung der aufgetragenen Arbeiten waren ihr hinreichend bekannt. So nahm es nicht Wunder, dass sie sich in den unendlich langen und dunklen Gängen unter dem Schloss verlaufen hatte. Zu allem Übel war ihr auch noch die Laterne aus der Hand gefallen, die Flamme erloschen.

Als Kind hatte sie gelernt zu beten in der Not.

Von irgendwo werde ein Lichtlein kommen, hieß es - und so war es jetzt

auch. Ob es am Gebet gelegen oder am vorherigen Angstschrei, blieb Mechthild einerlei. Hell war es plötzlich um sie geworden, ein unwirkliches Licht, aber hell genug, ihr die Tür zu zeigen, die zugefallen war. Davor aber stand, hoch aufgerichtet, ein junger Mann, der ein blau schimmerndes Leuchten in seinen Händen trug.

„Ich dank Euch scheen, lieber Herr!", stammelte die Magd. Mühsam erhob sie sich und machte einen braven Knicks. „Ich dank Euch scheen, hoher Herr!", wiederholte sie. „Könnt' ich mei Ungeschicke blußig wieder gutt machn."

Ohne die Tür freizugeben fügte die sonderbare Gestalt seinen anfänglichen Worten, deren Echo noch immer nachhallte, hinzu:

„Du kannst es gut machen, Zartmägdelein. Meinen Wunsch, tat ich dir kund. Wohl an, so lass' uns beginnen."

Über diese befremdlichen Worte erschrak die Küchenmagd. Das Frohlocken, welches in der Stimme des Unbekannten mitklang, war ihr nicht verborgen geblieben.

‚Wisst ich blußig, war ar ies[1]', stammelte Mechthild in sich hinein und drückte die vor die Brust gepressten Röcke noch fester an ihren Leib. ‚Ies ar een höherer Lakai? Oder goar eener vun die Fürstensöhne? Woas sull ich blußig macha?'

Ihr Grübeln dauerte zu lange.

Das bläuliche Licht erlosch. Verschluckt von der Dunkelheit auch die Gestalt. Nur

---

[1] wer er ist

schwerer Atem war noch zu hören. Mechthild wusste nicht, ob der allein ihrem Munde entfloh.

„Dein Missgeschick wolltest du tilgen", hörte sie von der lockenden Stimme, die ihr sehr nahe war, und zugleich hörte sie ihr pochendes Herz.

„Schenke sie mir, deine Jungfräulichkeit...", hallte es durch den Gang, und schon spürte die Magd die Hand, die nach ihr griff, spürte die fremden Finger, die ihr den Rock weg schoben, ihre Schürzenbänder lösten, das Tuch von ihren Haaren zog. Willenlos war sie plötzlich und wie betäubt. Und auf einmal gab es keine Dunkelheit mehr. Keine Kälte.

Ein Blitz. Ein Stich. Ein Schrei.
Trotz geschlossener Augen sieht die Magd den Blitz. Spürt den Stich, der ihren Leib zerteilt. Hört den Schrei, der ihrer röchelnden Kehle entweicht. Ein Sog erfasst sie. Eine Sturmflut mit peitschenden Wellen. Danach ein maßloses Wallen, ein wildes Wogen. Wohin nur, wohin?

Als Mechthild wieder aller Sinne Herr wurde, wusste sie nicht, was ihr geschehen war. Neben ihr, auf steinkaltem Boden, stand die Laterne mit flackernder Flamme, warf lange Schatten gegen die

Wand. Vom Kerzenstummel flossen Tropfen herab, wie rinnende Tränen erschienen sie ihr.

Mit zitternden Fingern ordnete sie ihre Kleider, band ihre Haare ins Tuch. Mit all ihrer Kraft öffnete sie die schwere Eisentür und blickte in den Gang, an dessen Ende die rote Glut aus den Küchenöfen Gespenster malte.

„Wo treibste dich blußig rum, die lange Zeit?"

Die Drittköchin fuhr die junge Magd barsch an und warf ihr ungezählte Schimpfworte ins Gesicht. Mechthild, noch immer wirr von allem, was ihr widerfahren war, knickste brav und senkte den Kopf. Ohne Gegenrede. In ihrem bisherigen Leben hatte sie gehorchen gelernt: Daheim, beim gestrengen Vater; beim Lehrer in der Schule; beim Pfarrer in der Kirche. Nie hätte sie einer Person, die über sie herrschte, widersprochen. Und über ihr, so empfand sie ihr Leben, waren viele. Wenn nicht gar alle.

Erst am Abend wagte sie es, der Gundel, deren Bett dem ihren nahe stand, zu erzählen, welch ungerechte Schelte sie hatte einstecken müssen. Verlaufen habe sie sich, nichts weiter, die vielen sich kreuzenden Gänge hätten sie verwirrt.

„Bin ja erschte drei Tage eim Schlusse². Asu schnell hoab ich mir die richtiga Wege nich merken kinna."

Von der Gestalt, die ihr begegnet, und von dem, was ihr Wirres widerfahren war, erzählte sie der alten Gundel nichts. Mechthild wusste ja selbst nicht genau, was es gewesen.

Wer als Magd im Schloss neu eingestellt wurde, musste, einer alten Tradition folgend, seine Arbeit tief unten beginnen, in den Kellergewölben, wo Spinnen ihre unsichtbaren Netze zogen, die sich wie Schleier über Kopf und Gesicht legten; wo die Schaben ihre Brutstätten besaßen; die Ratten ihre wilden Spiele trieben. Kohlen mussten herbeigeschafft, in die Feuerschlünde riesiger Öfen geschaufelt werden.

Schwere Arbeit war für Mechthild nicht neu.

Sie kannte das seit der Kindheit. Nur - die Arbeit in einem Schloss hatte sie sich ganz anders vorgestellt. Für die fürstliche Familie fließe zu jeder Tages- und Nachtzeit warmes Wasser aus goldenen Hähnen, hatte man ihr erzählt, und sie hatte gehofft, diese jeden Tag blitzblank putzen zu dürfen. Nun aber war sie im untersten Keller gelandet. Alles war anders, als erträumt. Aber egal. Wie

---

² Schloss

beschwerlich und schmutzig ihre Aufgaben auch sein mochten, sie würde sie tun - nur daheim davon erzählen, das würde sie nicht. Reden über Wunderdinge, die es im Schloss geben soll, von anderen Mägden ehrfurchtsvoll geflüstert, die würde sie im Dorf gern verbreiten, von der Finsternis der Keller jedoch nichts.

Schon seit Kindertagen war es für Mechthild stets ein Leichtes gewesen, alles, was ihr zugetragen wurde, in bunte Bilder zu verwandeln. Fantasiereich malte sie sich aus, in welcher Pracht die Säle und Zimmer hoch über ihr im Kerzenlicht leuchten - auch wenn ihr eisernes Bettgestell, neben sechs oder gar acht anderen, (die Dunkelheit ließen keine genaue Zählung zu), in einem fensterlosen Kellerraum stand. So fremd und widerwärtig das alles auch sein mochte, es gab jedoch etwas, was für Mechthild Dunkelheit, Schmutz und kargen Lohn aufwog. Zum ersten Mal in ihrem Leben, das spürte sie ganz stark, war sie etwas geworden: Sie war jetzt eine „Fürstliche".

Zwei arbeitsreiche Wochen zogen sich lang hin, erst danach bekamen die Mägde einen freien Tag. Mechthild wünschte sich, es würde an einem Sonntag sein. Sehr früh würde sie aufstehen, eiligen Schritts heim laufen, um rechtzeitig in der Kirche zu sein. Frohgemut säße sie dann neben ihren Freundinnen auf dem für die Jungfrauen reservierten Plätzen, direkt vor dem Altar der Muttergottes, dem Schönsten der drei Altäre, die es in der kleinen Dorfkirche gab. Doch dieser Traum war schnell ausgeträumt. Die Drittköchin gewährte Mechthild den auf den Sonntag folgenden Tag.

Ein Montag trieb sie nicht zur Eile.
Mechthild genoss an ihrem ersten freien Tag den wunderbaren Moment, an dem alle anderen Mägde aus den Betten gescheucht, an die Arbeit getrieben wurden. Das Glücksgefühl, heute nicht auf Kommando aufstehen zu müssen, kostete sie genüsslich aus. Sie drehte sich einfach auf die andere Seite und zog die graue Schlafdecke bis über den Kopf. Am liebsten hätte sie sich noch einmal einen Tiefschlaf herbeigewünscht, doch der Krach, den die eisernen Kessel und Pfannen in der nahen Küche verursachten, machte diesem Verlangen ein schnelles Ende.

Voller Bedacht kramte Mechthild ihr bestes Kleid aus dem Holzkasten, der ihr zum Aufbewahren ihrer Habseligkeiten zur Verfügung gestellt war. Ihr langes Haar flocht sie in einen Zopf und band ihn ins Kopftuch. Weil sie in der Dunkelheit ihrer Behausung nicht wusste, ob es draußen regnete oder die Sonne schien, blieb sie unschlüssig, auch noch das geblümte Schultertuch umzulegen. Sie unterließ es. Freudig erregt trat sie in den langen Gang, doch das rot flackernde Licht aus den offenen Feuerlöchern der großen Öfen, welches zuckende Schatten an die Wände warf, verwirrte sie.

Und zu allem Übel löste sich plötzlich einer dieser Schatten von der Wand, kam näher. Mechthild dachte sofort an das, was ihr im lichtlosen Keller geschehen war, erst vor wenigen Tagen. Würde sich der Unbekannte wieder in ihren Weg stellen? Nach ihr greifen?

Es war nur die alte Gundel, die ihr entgegenkam. Einen Keil vom dunklen Brot und einen Zipfel der alltäglichen Dauerwurst brachte sie ihr, als Wegzehrung.

„Ich dank dir scheen, Gundel", sagte Mechthild mit erleichterter Stimme, machte sogar einen braven Knicks vor der alten Magd.

Zu gern wäre Mechthild durch das von steinernen Löwen bewachte Schlosstor hinaus in den Sonnenschein gegangen, hätte damit aller Welt kundgetan:

„*Guckt ock oalle har, hier kummt eene „Fürschtliche"!*

Den niederen Mägden war aber geboten, nur durch den Kellerausgang, der im tiefsten Talgrund hinaus ins Freie führte, das Schloss zu verlassen und zu betreten.

„Keene Gerechtigkeit ies doas nich", dachte sich Mechthild. „Oaber es ies haalt asu wie es ies."

Aus Sorgfalt trug Mechthild ihre Schuhe zusammengebunden über der Schulter, sie sollten bis hinaus auf die Dorfstraße sauber bleiben.

Mutig öffnete sie die schwere Außentür, trat ins Freie.

Endlich frische Luft atmen! Endlich das Tageslicht sehen!

Vor Freude drehte sich Mechthild im Kreis. Hoch über ihr stand das mächtige Schloss auf hohem Fels, darüber ein strahlenden Blauhimmel. Nur ein winziges weißes Wölkchen schien sich am großen Turm festzuhalten, als wolle es ein Spielkamerad für die Fahne des Fürsten sein. Unten im Tal lag alles noch in tiefem Schatten. Hierher würde die Sonne erst gegen die Mittagsstunde vordringen. Trotzdem freute sich die fürstliche Magd endlich wieder einmal das Rauschen des Baches zu hören, dazu das Lispeln der Blätter der gewaltigen Buchen.

Bevor Mechthild ihren Fuß in die Furt des Höllebachs setzte, raffte sie ihr Kleid, hob es bis weit über die Knie und drückte es an ihre Brust. Von der Lust der freien Natur berührt, blieb sie mitten im Bach stehen. Zwei lange Wochen ohne

Tageslicht hatten sie süchtig werden lassen nach Sonne und frischer Luft. Und so kam es über sie. Voller Übermut jauchzte sie laut und strampelte mit ihren Füßen.

Das Wasser des Höllebaches spritzte hoch auf.

Mechthild war eine andere geworden. Die so arme Tochter des Bierkutschers Emil Pielok aus dem kleinen, niedrigen Häuschen direkt neben der Bache war nun eine „Fürstliche"; war eine stolze Frau, die in einem Schloss lebte, wenn auch im tiefsten Keller. Allein die dicken Mauern, die sie umgaben, die ihr Obhut gewährten, (zwei, manchmal sogar drei Schritte waren vonnöten, sie zu durchschreiten), einen solch starken Schutz hatte sie in ihrem bisherigen Leben noch nie verspürt. Aber auch all das andere, das sie umgab, das Glänzende, das Strahlende in den Räumen hoch über ihr, (auch wenn sie es noch nie zu Gesicht bekommen hatte), in ihre Gefühle war es längst hineingekrochen, hatte sich verinnerlicht, strahlte aus ihren Augen zurück. Noch nie war sie so glücklich gewesen, noch nie hatte sie sich so hochgestellt empfunden, ein noch schöneres Gefühl konnte sie sich gar nicht vorstellen. Wie oft hatte sie als Kind geträumt, ein Prinz werde vom Schloss, das hoch auf dem Fels über ihrem Elternhaus stand, herabkommen, werde sie mitnehmen, sie auf seinen starken Armen über die fürstliche Schwelle tragen. Träume seien Schäume hatte man ihr immer erzählt, nun aber fühlte sie: *„Een kleenes bisserle von meinem Troom[3] hoat sich schun erfüllt".*

Sie war eine „Fürstliche", das wollte sie sich nie mehr nehmen lassen.

In ihrer Freude ließ Mechthild das Wasser des Höllebachs gegen die Felswände spritzen, stieß dabei spitze Lustschreie aus - doch bald kehrte ihre Vernunft zurück.

Ihr einziges Sonntagskleid durfte keinen Schaden nehmen, die kleine Münze, ihr Lohn für zwei Wochen harter Arbeit, sollte nicht verloren gehen. In weiser Vorsicht hatte Mechthild das Geldstück in ein kleines Tuch gewickelt und in ihren linken Schuh gesteckt, denn im Dorf wurde stets geraunt:

‚Im Fürstengrund lauern die Räuber! Sie wissen, dass alle Mägde, die aus dem Schloss kommen, eine oder gar zwei Münzen bei sich tragen.'

Die Taschen, das Kleid, vielleicht auch ihr Kopftuch würden die Räuber durchsuchen, vermutete Mechthild, die Schuhe aber wohl kaum. Trotz des guten Verstecks beschloss die Magd, fortan still zu sein und die Enge des Tales möglichst schnell hinter sich zu bringen.

---

[3] Traum

Zurückgekehrt auf den schmalen Weg, der zum Talausgang und damit hin zu ihrem Dorf führte, blickt sie immer wieder auf das hoch über ihr thronende Schloss.

„Eene Ferschtliche[4] bin ich, nu wern se mich oalle beneiden!", jubilierte ihr Herz und machte sie stolz. So schritt sie fröhlich dahin und suchte in ihren Gedanken nach Worten, mit denen sie daheim ihr neues Leben beschreiben würde.

Und wie sie so dahin ging, war ihr plötzlich, als spräche jemand zu ihr.
„Zartmägdelein ..."
Und noch einmal:
„Zartmägdelein ..."
Erschrocken verhielt Mechthild ihren Schritt, stieß einen kurzen Schrei aus und drückte ihren Schuh vor die Brust. In ihrem Schreck erwischte sie den, der ohne Münze war.
„Mein allerliebstes Zartmägdelein, sei ohne Furcht."
Mitten in ihrem Weg stand ein Mann, eingehüllt in einen großen Umhang.

---

[4] Fürstliche

Mit einer galanten Geste wurde der großrandige Hut gelüftet, in weitem Bogen höfisch geschwenkt. Lange schwarze Haare fielen bis weit über die Schultern.

Durch Mechthilds Kopf rasten die wildesten Befürchtungen. Was sollte sie nur tun? So stolz sie auch über ihr erstes selbstverdientes Geld war, beschloss sie, die einzige Münze, die sie besaß, dem Räuber zu übergeben, wenn auch nur schweren Herzens. Dieses Opfer wollte sie bringen, bevor sie sich schänden ließe. Um Gnade wollte sie bitten, um Gnade für Leben und Leib und dessen Unversehrtheit. Doch bevor sie auch nur ein Sterbenswörtlein hervorbringen konnte, hörte sie wieder die melodische Stimme, die ihr bekannt vorkam, von der sie glaubte, sie schon einmal gehört zu haben.

„Du musst dich nicht fürchten, Zartmägdelein. Nicht vor mir sollst du dich fürchten. Ich bin ja hier, um dich und deine Tugendhaftigkeit zu beschützen."

Während der Fremde mit lieblicher Stimme auf Mechthild einredete, kramte diese in ihrer Verwirrung in ihrem Schuh, suchte nach der Münze. Weil sie aber selbige nicht fand, glaubte sie schon, den hart verdienten Lohn beim ungestümen Herumtoben im Wasser bereits verloren zu haben.

„Lass' deine Münze stecken. Sie ist im anderen Schuh. Ich will sie nicht. Was ist eine Münze schon wert gegen deine Sittsamkeit. Den wahren Schatz, den du bei dir trägst, der passt in keinen Schuh.

Ich bin hier, dir die Räuber vom Leib zu halten."

Wie der, so modisch gekleidete Mann redete, war es Mechthild erneut, als habe sie diese Stimme schon einmal gehört. War es nicht die, welche ihr Hilfe angeboten hatte an ihrem dritten Arbeitstag, als ihr Licht erlosch in den dunklen, unbekannten Gängen unter dem Schloss? Hätte sie damals nur sein Gesicht sehen können. Vielleicht auch seine Hände. *Zartmägdelein* hatte er sie genannt, damals, und heute wieder. Wer so redet, der musste ein Galan sein. Mit solch gewählten Worten redet nur ein Fürst. Während Mechthild das alles bedachte, überlegte sie gleichzeitig, ob sie diese Begegnung voller Stolz daheim schildern solle. Den Eltern auf gar keinen Fall, nur ihren Freundinnen, Josefa und Ida. Die würden sie sowieso beneiden, sie, die bislang so armselige Tochter des Bierkutschers Emil Pielok. Sie, die jetzt eine *Fürstliche* war. Über ihren geringen Verdienst für zwei Wochen harte Arbeit würden die Mädchen lachen. Aber gab es nicht das bekannte Sprichwort: *„Lieber an Biehma winger, oaber färschtlich!"*

Mechthild würde diesen Spruch natürlich auf Hochdeutsch aufsagen: *„Lieber einen Zehner weniger, aber fürstliches Geld!"* - das würde ihre *Fürstlichkeit* noch stärker hervorheben. Ob es ihr gelänge, alles, was sie vom Schloss erzählen wollte, in der Schriftsprache vorzutragen, wusste sie noch nicht. Bemühen wollte sie sich aber.

Ein lautes Rascheln im nahen Gebüsch entlockte Mechthild erneut einen Angstschrei. Schnell stand der Fremde neben ihr, öffnete seinen Umhang und hüllte sie ein.

„Du musst dich nicht fürchten", hauchte er und zog die Magd eng an seinen Körper.

Trotz dieser sanften Worte kroch die Angst in Mechthild. Lauerten Räuber im Unterholz? War es eine Horde Wildschweine mit einem Keiler, dessen Zähne weit aus dem Maul ragten? Oder hatte der Fremde das Geräusch selbst gemacht, um sie an sich zu ziehen, den Beschützer zu spielen? Und während all diese Gedanken durch Mechthilds verwirrten Kopf sausten, drückte der Unbekannte sein *Zartmägdelein* an den Stamm einer gewaltigen Buche. Ihr Rücken berührte das harte Holz, ihre Brust die seine. Die breite Krempe des Hutes und das lange Schwarzhaar nahmen ihr jegliche Sicht. Stoßweiser Atem streifte ihre Wangen …

… und dann spürt sie wieder das Wellen und Wogen in ihrem Leib. Kein harter Baumstamm im Rücken mehr, dafür ein Schweben, ein empor gewirbelt

werden, ein Sog ... und es dauert nicht lang bis spitze Schreie ihrem Mund entfliehen. Höllebach! Höllebach! Wohin nur, wohin?

Als Mechthild das Ende des engen Tals erreichte, war sie wieder allein. So plötzlich ihr Galan erschienen war, war er auch wieder verschwunden. Ihr Blick weitete sich, die ersten Dächer des Dorfes waren zu sehen.

Von alters her glaubten die Menschen im engen Fürstengrund würden Geister leben, Phole[5] wurden sie genannt. Gutmütig seien sie, freundlich zu allen. Nur in stürmischen Nächten, wenn sie die enge Schlucht verließen, wenn sie bei Hochwasser auf entwurzelten Bäumen an den Häusern des kleinen Dorfes vorbeijagten mit lautem Geschrei, dann entsetzten sich die braven Seelen der Dörfler und schlugen das Kreuz.

So war es kein Wunder, dass der Höllebach, kaum hatte er den Fürstengrund verlassen, die Pholsbache genannt wurde.

Weit war es nun nicht mehr zum elterlichen Haus.

Immer wieder eilte Mechthilds Blick zurück, versuchte zu ergründen, ob etwas, und was eigentlich mit ihr geschehen sei.

---

[5] lt. Merseburger Zaubersprüche: südgermanische Halbgottheiten

Alles in ihr war verwirrt. Recht war ihr, der nun fürstlichen Magd, dass zu dieser Stunde kein Dörfler ihren Weg kreuzte. Alle im Voraus überlegten Worte waren verloren gegangen. Was hätte sie sagen sollen?

„Ich weeß doch salber nich, woas doas gewaast[6] ies?"

Nur das konnte sie denken. Mehr nicht.

Zögerlich überschritt Mechthild die häusliche Schwelle.

Noch immer trug sie ihre Schuhe über der Schulter, ohne zu wissen, ob ihr Lohn noch in ihnen verborgen lag.

„Da bin ich", sagte sie schüchtern, und ihre Mutter, die vor dem Herd kniete, um einige Scheite Holz in das Feuerloch zu stecken, gab ihr zurück:

„Nu, doa biste ja."

„Ies der Vater nich derheeme?"[7]

„Der Vater ies mit eener Fuhre Bier unterwegs", stöhnte die Mutter, während sie sich mühsam erhob. Mechthild kam die Antwort der Mutter sehr entgegen. Vom gestrengen und lautstarken Vater würde es also keine neugierigen Fragen geben. Kutscher sind gewohnt, die Pferde laut anzuschreien. Für Mechthilds Vater gab es keinen Unterschied, ob er mit den Pferden oder mit seinen Weibern redete.

---

[6] gewesen
[7] daheim

Und während Mechthild froh war, die laute Hüh-hott-Stimme nicht hören zu müssen, war es plötzlich die Mutter, die ihre Tochter von oben bis unten musterte und dabei das Glühen in Mechthilds Augen entdeckte. Noch bevor die sorgenvolle Frage kam, war die Antwort schon da.

„Guck ock nie asu. Wildschweine seins gewaast!", brachte Mechthild hastig hervor. „Eim Ferschtengrunde sein se hinger mir har gepprescht." In ihrer Erregung vergaß Mechthild alles *Fürstliche*, vergaß nach der Schrift zu reden. „Ich weeß nie, ich weeß nie, ob doas jedes Mal gutt gieht."

Die Hitze in den Worten ihrer Tochter ließen die Mutter stutzig werden. Erneut musterte sie das zerdrückte Kleid, die verwirrten Haare. Dazu die glühenden Augen. War alles wirklich so gewesen, wie von der Tochter erzählt? Knurrend schob sie ihr einen Holzschemel hin.

„Satz dich ock, Madel, satz dich ock hie. Du bist joa ganz durcheinander."

Um weiteren, vielleicht noch unangenehmeren Fragen zu entgehen, kramte Mechthild die Münze aus ihrem Schuh und legte sie auf den Tisch.

„Das ist für dich, Mutter."

Jetzt redete sie nach der Schrift und war stolz darauf. Stolz auf die Münze, und stolz auf ihre fürstliche Sprache.

„Asu een kleenes Scheißerle für zwee vulle Wuchen?"

„Aber Muttel, du darfst nicht vergessen, ich hab Essen und Schlafen frei", fügte Mechthild schnell hinzu. „Und vergiss ocke nich … vergiss bitte nicht, es ist fürstliches Geld. Wie sagen doch die Leute immer: ‚Lieber een Biema … lieber einen Zehner weniger, aber fürstlich'."

„Doas lass ock deinen Voater nich hörn nich. Du weeßt schun, der Voater mag den Ferschten[8] nich leiden. Jedesmoal, wenn der Voater doas Bier zu den Bergleuten ei die Zeche bringt, hört er's doch, woas der Fersch fier een Hungerlohn zoahlt. Nie amol für untertage legt ar woas druff. Een Hungerlohn bleibt een Hungerlohn, ooch wenn er ferschtlich ies, soagt inser Voater immer. Doas weeßte ja wull noch."

Mechthild war es nur recht, dass die Mutter soviel redete. Sie selbst war sich noch immer nicht klar, was sie von ihren Erlebnissen im Schloss erzählen, was verschweigen sollte.

„Wenn der Voater am Schlusse vorbeifährt, und die Foahne hängt draußa, doa weeßte doch, woas er immer soagt: ‚Hängt der Lappen draußen, ies der Lump drin!' Doas soagt dei Vater immer. Asu denkt er über den Ferschten."

Mechthild wollte ablenken von den Widersprüchlichkeiten, wollte der

---

[8] Fürst

quengelnden Mutter nicht weiter zuhören und sagte deshalb:

„Ach, weißt du, Muttel, ich geh schnell mal in die Kirche."

„Ei die Kerrche? Wirscht doch nie glei woas zum Beichten hoam?"

Die Stimme der Mutter klang spitz.

„Kaum biste vun derheeme furt, und schun musste beichtn? Doa werds wohl nie lang dauern, und mir hoams Kindergeplärre ei der Stuben."

„Woas meenste denn damit?"

Wie das ist, ein Kind zu bekommen, hatte Mechthild bislang niemand erklärt. Das wenige, was sie wusste, hatten ihr ihre Freundinnen zugeflüstert, die Josefa und die Ida.

‚*Wenn dich eener küsst, länger als eene Minute, und der Kerl steckt dir dabei seine Zungenspitze ei a Mund nei …*'

Mechthild fuhr sich mir der Hand über die Lippen, als müsse sie etwas wegwischen. Dummes Zeug, dachte sie sich. Mich hat noch nie ein Mann geküsst, und schon gar nicht so lange. Auch der nicht, der … der … der…

„Weesste, Muttel, doas ies asu: Im Schloss koann ich nich ei die Kerche giehn. Doa ies allemal viel zu viel Arbeit."

„Pass mer blußig uff, Madel, ich soag dirs. Loass dich mit keenem ei nich. Die ganze Welt ies vuller Haderlumpen, soag ich dir. Gloob mersch."

Zur Tannenkirche war es kein weiter Weg.

Mit aller Kraft stemmte sich Mechthild gegen die schwere Eichentür und fühlte sich erlöst, als sie endlich vor dem vertrauten Marienaltar niederkniete. Seit dem Ende ihrer Kindheit war ihr Platz hier in der zweiten Bank, etwas zu jener Seite hin, auf der die Jungfrau ihr Neugeborenes im Arm hielt. Einmal ein eigenes Kind an die Brust drücken, davon hatte Mechthild schon immer geträumt. Ein Junge, wie es das Jesuskind war, wäre ihr am liebsten. Schwerfallen würde ihr jedoch, dann nicht mehr als Jungfräulein in dieser Bank knien zu dürfen. Wenn aber die Jungfrau Maria ein Kind geboren hat, so mir nichts dir nichts, warum sollte das nicht auch ihr so geschehen? Für Männer hatte sie sich noch nie interessiert. Eigentlich wusste sie gar nicht, was sie mit einem Mann bereden könnte. Wäre heut Sonntag, Josefa und Ida wären hier, würden neben ihr knien, da wüsste sie vieles, was es zu bereden gäbe. Vielleicht würden sie wieder um die Wette beten, wie sie es als Kinder immer getan hatten: Zehn *Vaterunser* und zehn *Gegrüßet sei's du Maria*.

Sieger blieb, wer die Gebete am schnellsten herunterschnurren konnte.

Allein war Mechthild noch nie in der alten Kirche.

So flogen ihre Gedanken hin und her. Wie viel Kälte eine leere Kirche ausstrahlt, war ihr bisher nie aufgefallen. Jeder Schritt, jedes Wort, besonders aber das Knarren der Holzbänke bekam in dieser Leere einen Nachhall, der alles gespensterhaft erscheinen ließ. Ängstlich blickte Mechthild nach allen Seiten. Wenn nun dieser Unbekannte wiederkäme? Der, für den sie noch immer keinen Namen wusste; der ihr das Fliegen beigebracht hatte, das Schweben.

Und wie sie suchend umherblickte, durchfuhr Mechthild plötzlich ein großer Schreck. Die Türangeln quietschten, Licht flutete in den dunklen Raum. Bevor aber die Angst tiefer in ihr Herz kriechen konnte, erkannte Mechthild die gebeugte Gestalt. Die Mesnerin war es. Gestützt auf ihren Stock humpelte sie im Mittelgang vor zum Altar der Maria. Der erste Platz in der Jungfrauenbank, den behauptete sie noch immer als den ihren.

Pock, pock!, knallte der Stock auf den Steinfliesen.

In Mechthilds Kopf pochten andere Gedanken.

‚Asu viele Joahre alleene leben, wie die, nee, doas mecht ich nie und nimmer.'

Direkt vor Marien knien zu dürfen, als reine Jungfrau, das war ein erhebendes

Gefühl; aber ein ganzes Leben lang in Einsamkeit verbringen, wie die Mesnerin, das stellte sich Mechthild langweilig vor.

„Oalles Scheene hoat halt ooch seine tummen Seiten", brummelte sie in sich hinein. Dann kam Mitleid mit der alten Mesnerin in ihr auf; und weil sie plötzlich den Keil vom schwarzen Brot und das Stück Dauerwurst in ihrer Umhängtasche bemerkte, ging sie nach vorn, knickste und legte die fürstlichen Gaben direkt vor die alte Frau auf die Kirchenbank.

„Feerschtlich ies es", sagte Mechthild kurz und eilte, voll guten Gewissens, hastig aus der Kirche. Der Vater hätte das fürstliche Brot sicher den Schweinen in den Trog geworfen, die Wurst an die Hunde verfüttert. Zu groß war sein Groll auf den Fürsten. Wenn er mit seinem Fuhrwerk das Haselbach-Bier in die Kneipen der Bergleute brachte, hörte er jedes Mal, wie sie sich die Köpfe heiß redeten; wie sie in ihrer derben Sprache herumpolterten. Immer die gleichen Fragen, die beredet wurden.

„Wie viele Unfälle miss mer noch derleben, bis der Ferscht für die Sicherheit een paar Taler rausrückt?'

„Und die poar Groschen[9], die er ins fiers Herumkriecha uffm Bauche ausbezoahlt, die reicha nich amol fier een zweites Bier nich."

---

[9] Geldstück

„Sechzig Stunda ei der Wuche!"

„Een Lump ies ar, der Ferscht. Selber labt ar eim Saus und Braus, und unsereens, mir mechta baale verhungern."

„Un verdurschten, wegen dem verdammta Kuhlenstaub!"

Viele von ihnen hatten die Staublunge und hätten einen zweiten Schluck bitter nötig. Wenn der Bierkutscher sie so husten hörte, war er froh, nicht selber unter der Erde herumkriechen zu müssen, Kohlen aus dem Berg zu schlagen. Da war ihm sein Herumkutschieren schon lieber, auch wenn er im Sommer manchem Unwetter, im Winter Eis und Schnee ausgesetzt war.

Mechthild focht das alles nicht an.

Sie war stolz darauf, jetzt *fürstlich* zu sein. Schade nur, dass sie ihre Freundinnen heute, an einem Montag, nicht antreffen konnte. Ihnen hätte das *Fürstliche* imponiert. Und jedes Mal, wenn Mechthild das Wort *fürstlich* durch den Kopf schoss, erfüllte sie ein ungebändigter Stolz. Dieses Zauberwort konnte sie gar nicht oft genug denken.

So verließ die fürstliche Magd frohgemut das kleine Kirchlein und schlenderte an der Bache entlang. Hin und wieder warf sie einen Blick hinauf zum Schloss, das hoch über dem Dorf thronte. In der schon tief stehenden Sonne funkelten die ungezählten Fenster zu ihr herab, flüsterten:

‚Komm zu uns! Komm zu uns! Wunderschön ist es in unseren Räumen.'

Oh, dürfte sie nur.

Vielleicht ist ihr eines Tages vergönnt, den Fürsten zu sehen. Oder die Fürstin mit ihrem Gefolge. Wie tief der Hofknicks sein müsse, begegnete ihr jemand vom Hofstaat, war ihr von der alten Gundel gezeigt worden. Am Abend, vor dem Schlafengehen, hatte Mechthild schon fleißig geübt. Leider gab es in den Kellergewölben des Schlosses keinen Spiegel, in dem sie ihre Kunstfertigkeit hätte überprüfen können. Ob sie jetzt heimgehen sollte, der Mutter einen Hofknicks vorführen?

„Woas treibste dich denn asu lange draußa rum?", maulte diese jedoch, als Mechthild die niedrige Stube betrat. „Hättst mer beim Wäschewaschen een bisserle gehulfen, doa wär dir keen Zacken nich aus deiner ferschtlichen Krone ausgebrochen nich. Ich bin ooch nich mehr die Jingste."

„Ooch weeste ... ach weißt du, Mutter, ich hab nicht dran gedacht, dass heute dein Waschtag ist. Die Arbeit im Schloss bringt mich ganz durcheinander."

„Wenns na nur deine Gedanka sein, die durcheinander geroaten tun, und nich glei dei ganzes Laba[10]. Poass mer blußig uff uff dich, Madel. Loass dich uff nischte ei, du weeßt schun, woas ich meene."

Dieses sorgenvolle Reden kannte Mechthild zur Genüge. Es gefiel ihr nicht. Wie sollte sie wissen, was gemeint war? Immer nur Andeutungen:

„Pass uff!"

„Lass dich uff nischte nich ein!"

„Alle wulln nur doas Eene!"

Nie erfuhr sie etwas Konkretes. Vor was soll sie sich hüten? Mechthild versuchte abzulenken, konnte aber nicht verhindern, in die Sprache der Dörfler abzurutschen.

„Wann kummt denn der Voater heem?"

„Nich bevorsch finster ies. Heut ies ar wieder uff der gruußen Tour, bis ieber Kunzendurf naus."

„Doa werd ich ihn oaber nich mehr sahn. Wenns finster werd, muss ich schun lange wieder eim Schlusse sein."

Mechthild war es nur recht, den Vater nicht mehr zu treffen.

Wäre es nach ihm gegangen, sie wäre nicht im Schloss, sondern beim Schweine-Plüschke als Magd gelandet. Auf Vaters Geheiß hatte sie sich im Frühjahr eine Woche lang bei ihm als Magd verdingen müssen. Zur Probe, wurde ihr gesagt. Nie war ihr eine Woche so lang vorgekommen,

---

[10] Leben

so schrecklich. Manchmal glaubte sie, der Schweinegestank stecke noch immer in ihren Haaren. Nie wieder, nie wieder wollte sie jenes Haus betreten.

Nachdem Mechthild die unguten Gedanken an die Zeit beim Schweine-Plüschke aus ihrem Kopf geschüttelt hatte, stand sie auf, reckte sich hoch und verwandelte sich zurück in eine *Fürstliche*.

Unter der Tür rief sie der Mutter zu:

„Grüß mir den Vater schön, und bleibt mir beide gesund."

Statt eines Abschiedswortes gab ihr die Mutter nur einen tiefen Seufzer mit auf den Weg. So wurde Mechthild das Weggehen leicht.

Kurz vor dem Fürstengrund befiel sie ein eigenartiges Gefühl.

Räuber würden jetzt nicht auf sie lauern. Die wussten, eine Magd, die zur Arbeit ging, trug keine Münze bei sich. Aber Wildsauen galt es zu fürchten. Gerade in der Abenddämmerung. Hätte sie sich nur schon eine Stunde früher auf den Weg gemacht, anstatt dem Gejammer der Mutter so lange zuzuhören.

Als Mechthild über die ersten, vom Wasser des Höllebaches glatt geschliffenen Steine stieg, glaubte sie vom Fürstengrund her gurgelnde Laute zu hören. Verängstigt blieb sie stehen. Ein

Zurück gab es jetzt nicht mehr. Käme sie unpünktlich ins Schloss, sie wäre ihre Anstellung gleich wieder los.

„Was eilt ihr so schnell, Zartmägdelein?"

Mechthild erschrak. Hastig raffte sie ihr Kleid vor den Körper, wie es so ihre Art war. Hatte jemand gesprochen? Oder hörte sie in ihrer Angst Stimmen, die es gar nicht gab? Seit ihrer Kindheit kannte sie das Geraune der Dörfler:

„Eim Ferrschtengrunde ies es nie ganz geheuer. Manchmol tanza die Phole."

Besonders schlimm soll es gegen Mitternacht sein, in der Geisterstunde. Um diese Zeit würde sie niemals durch den Grund laufen. Dämmrig war es schon, doch bis Mitternacht waren noch gut vier Stunden. In einer knappen Stunde, beeilte sie sich, würde sie den Kellereingang unter dem Schloss erreicht haben.

Doch da war sie wieder, diese Stimme.

In ihrem Schreck blieb Mechthild stehen, schalt sich aber eine dumme Göre, die lieber schnell weiterlaufen sollte. Unschlüssig tat sie einen Schritt, danach einen zweiten.

„Zartmägdelein. Du enteilst mir nicht."

Zartmägdelein – da war es wieder, das Wort, das ihr so lieblich in den Ohren klang. Dazu diese Stimme, die schon vertraute. Sollte sie sich freuen? Oder fürchten? Für lange Überlegungen blieb

Mechthild keine Zeit. Hinter dem Stamm einer gewaltigen Buche trat er ihr in den Weg, dieser Unbekannte, für den sie noch immer keinen Namen wusste. Diesmal in ein grünes Wams gekleidet, auf dem Kopf einen breitrandigen Hut mit Federn. Die langschäftigen Stiefel, mit Stulpen bis über die Knie, glänzten trotz der beginnenden Dunkelheit. Am Gürtel hing ein Köcher, der war aber leer.

‚Ein Jäger ist er', schoss es Mechthild durch den Kopf. ‚Vielleicht gar ein fürstlicher?'

(- *und schon sieht sich Mechthild in ihren Gedanken in der Tür eines Försterhauses stehen, vier Kinder an ihrer Seite, alle voller Freude über die Heimkehr des Vaters, der einen Rehbock über der Schulter trägt.*)

„Hier bin ich!"

Wieder hörte Mechthild diese Stimme. Drei Worte nur, aber gerade sie sind es, die ihrem Traumbild Leben einhauchen. Sprach der Vater nicht auch bei jeder Heimkehr nur diese drei Worte: ‚Hier bin ich!' – warum sollte ihr späterer Gemahl nicht ebenso reden? Im gleichen Moment aber klangen Mechthild die Worte der besorgten Mutter im Ohr.

‚Lass dich mit niemand ein!'

Wie nun?

Sollte sie ihn abweisen, diesen prächtigen Galan? Stolz wären die Eltern, lebte sie eines Tages als Weib eines fürstlichen Jägers. Ihm jetzt aus dem Weg gehen? Ihm gar böse Worte geben? ‚*Een tummes Luder*' würde man sie heißen, schlüge sie sein Angebot aus. Verspotten würde man sie im Dorf.

Mechthild drückte das geraffte Kleid fest an ihre Brust, spürte dabei ihr rasendes Herz. Indes schwenkte der Grünrock seinen Hut und bot galant seinen Arm.

„Hier im fürstlichen Grund ist es nicht immer geheuer. Darum bin ich hier, will mein *Zartmägdelein* beschützen."

Und wieder dieses zauberhafte Wort, das alles hinwegwehte, was bislang verwirrte. Mutig hakte Mechthild in den dargebotenen Arm und drückte sich eng an ihren Beschützer. Sie liefen schweigend. An dem mächtigen Baum, der heute am Vormittag seine Äste schützend über ihre Lust gebreitet hatte, stockte Mechthilds Fuß. Doch ihr Galan verharrte nicht. Als habe er die Gedanken der Magd erraten, flüsterte er:

„Merke dir, holde Maid: Übersättigung führt zum Erbrechen, nicht zum Genuss."

So quollen die unsteten Gefühle weiter. Als die eiserne Kellertür des Schlosses erreicht war, lehnte sich Mechthild gegen die Mauer und blickte ihren Begleiter erwartungsvoll an. Der Grünrock zog seinen Hut, beugte einen Fuß. Mechthild streckte ihm ihre Hand entgegen, hoffend, vielleicht, zum ersten Mal in ihrem Leben, einen Handkuss zu erlangen. Doch der Fremde war so plötzlich verschwunden, wie er am Eingang des Tales vor ihr aufgetaucht war. Allein der Nachhall seiner Stimme begleitete sie bis tief in die dunklen Gänge unter dem Schloss.

Zwei Wochen harter Arbeit gingen nur langsam vorüber.

„Ich weeß nich warum, oaber es ies halt asu. Jede eenzelne Stunde kleckert rum, als wär se eene Ewigkeet."

Mechthild war inzwischen alles, was ihr an Arbeit aufgegeben war, längst zur Gewohnheit geworden. Doch während sie tat, was von ihr verlangt wurde, dachte sie immer wieder an ihren stolzen Galan.

„Warum lässt der Kerle sich nich mehr sahn nich? Oder seins derer goar zweie? Oder goar dreie?"

Von dem, der sie aus der Finsternis des Kellers befreit hatte, wusste sie sich kein klares Bild mehr zu machen. Die Dunkelheit hatte ihn verschluckt. Die anderen dagegen, die ihr im Fürstengrund begegnet waren - am Vormittag im prächtigen Gewand, beim Heimweg im grünen Kleid eines fürstlichen Jägers - die waren wohl ein und dieselbe Person. Daran mochte sie glauben. Und nach diesem einen wuchs ihre Sehnsucht.

In den Nächten träumte Mechthild schlimme Bilder.

Sie sah einen wilden Eber, der seine langen Hauer in den Leib des stolzen Jägers bohrte. Sah Wildsauen seinen Körper zertrampeln. Einmal hatte sie im Schlaf laut aufgeschrien, was ihr am nächsten Morgen peinlich war. Viele dumme Fragen wurden ihr von den anderen Mägden gestellt.

„Woas wor denn bei dir luus ei der Nocht?"

„Hoast dich goar verlustigt mit eenem Kerle eim Troome?"

„Welcher woars denn?"

Um diesem Getratsche zu entfliehen, bat sie die Drittköchin, den Holzknechten beim Heranschaffen von Brennholz helfen zu dürfen. Im Stillen aber hoffte sie, im Fürstengrund dem Grünrock zu begegnen. Ihre Sehnsucht zu stillen.

Zu ihrer großen Freude wurde es ihr erlaubt.

Licht, frische Luft und Sonne! Aber auch schwere Arbeit wartete auf sie. Doch kein Stamm war ihr zu lang, kein Ast zu schwer. Alles, was ihr aufgegeben wurde, tat sie mit Eifer. Gleich, ob sie talwärts stapfte oder das Geäst bergan schleppte, unablässig durchsuchten ihre Augen den Talgrund, blickten jede Anhöhe hinauf, betrachteten jeden Baum bis in die Wipfel

– doch von dem, der sie *Zartmägdelein* genannt, war weit und breit nichts zu sehen.

„Da sein wull zu viele Mannsbilder hier um mich rum. Ich gloob, do traut ar sich nich zu mir haar."

So hoffte Mechthild auf ihren nächsten freien Tag.

Hoffte darauf, er würde sie dann wieder begleiten, beschützen vor Räubern und wilden Tieren - aber auch mitnehmen auf eine Reise in traumhaft schöne Gefühle.

Am Morgen ihres nächsten freien Tages, diesmal war es ein Donnerstag, wurde Mechthild in die Küche versetzt. Eine Magd konnte wegen ihres fortgeschrittenen Leibesumfangs die Arbeit am dampfenden Kessel nicht mehr ausführen - nun sollte Mechthild ihre Stelle einnehmen. Eigentlich hätte diese Beförderung bei ihr Freude auslösen müssen, doch irgendetwas in ihr begehrte auf. Trotzig wagte sie, ihren freien Tag einzufordern.

„Was bildest du dir ein!", bekam sie zur Antwort. „Zuerst musst du dich hier in der Grobküche richtig einarbeiten."

Frühestens in zwei Wochen könne über einen Ruhetag gesprochen werden. Das sei so üblich im Schloss.

Mechthild war enttäuscht.

Die Vorfreude, Mutter und Vater wieder zu sehen, hielt sich in Grenzen. Deren ewige Vorhaltungen und Ermahnungen kannte sie zur Genüge. Ihre Freundinnen würde sie an einem Donnerstag auch nicht antreffen. Ihre Enttäuschung wurzelte also anderswo. Es dauerte eine Weile, bis Mechthild ihre geheime Sehnsucht erkannte, ihre brodelnden Gefühle.

Nun also arbeitete sie in der Grobküche.

Waren bisher Schmutz, Ruß und Schlacke ihre täglichen Begleiter, wurde sie hier zu peinlichster Sauberkeit ermahnt. Als erstes musste sie ihre Finger bürsten, die Nägel schneiden, ihre Haare noch tiefer ins Tuch binden. Glaubte sie, jetzt am Herd hantieren zu dürfen, sah sie sich wieder enttäuscht. Körbe voller Kartoffeln waren zu schälen, Berge von Gemüse und Rüben zu putzen. Dass die fürstlichen Herrschaften auch Runkelrüben aßen, verwunderte Mechthild. Erst am dritten Tag wurde ihr klar, hier in der Grobküche wurde allein das Essen für das niedere Personal zubereitet. Trotz alledem empfand sie die Versetzung in diese Küche als einen Aufstieg, als eine Anerkennung ihrer bisher geleisteten guten Arbeit.

Was sie aber besonders erfreute: Ihr neuer Arbeitsraum besaß Fenster.

Doch ihre Hoffnung erstarb schnell. Genau vor dem Fenster, das ihrem Arbeitsplatz am nächsten war, wuchs eine mächtige Buche. Äste, Zweige, Blätter, mehr konnte sie nicht sehen. Der erhoffte Blick in den Fürstengrund war ihr verwehrt. Ihre Sehnsucht, nach ihrem Galan Ausschau zu halten, war aber größer als ihre Enttäuschung. Deshalb log Mechthild der Köchin vor, ein anderes Messer zu benötigen, eine größere Schüssel, einen leeren Abfallkorb oder was auch immer. Bei ihrer Suche schlich sie dann nahe an den anderen Fenstern vorbei, warf schnell einen Blick in den Fürstengrund, hielt Ausschau nach einem grünen Rock.

Der Suppenköchin wurde ihr Tun bald auffällig.

„Foall mer nur nich aus em Fanster", herrschte sie Mechthild an. „Für's Nausgucken wirschte nich bezoahlt nich."

„Ich hoab halt bislang blooßig eim Keller geschuftet, doa goabs überhaupt keene Helligkeit nich. Doa freits dich schun, wennste amol aus eenem Fanster gucken koannst."

„Hier werd nich gemault nich!"

Vor Wut warf die Suppenköchin einen Blechdeckel auf den Steinboden. Erschrocken knickste Mechthild vor der Köchin, fürchtete, wieder zurück in den Heizkeller geschickt zu werden und floh schnell in ihre Arbeitsecke.

Am Abend, in ihrem Bett, konnte sie ihre Tränen nicht mehr zurückhalten.

Der alten Gundel, die liebevoll ihren Arm um sie legte, berichtete sie schluchzend vom Streit mit der Köchin und ihrer Angst, wieder in die Heizung verbannt zu werden. Von ihrer Sehnsucht, die sie in sich trug, erzählte sie jedoch nichts.

Die Tage vergingen.

Mechthild wagte nicht mehr, während ihrer Arbeit aus dem Fenster zu blicken. Sie fürchtete, von der Drittköchin dabei beobachtet und erneut zurechtgewiesen zu werden.

Es gab aber auch etwas anderes, was sie folgsam werden ließ. Mechthild wollte ihre Enttäuschung nicht mehr vermehren. Was ihr Blick suchte, würde sie wahrscheinlich doch nicht sehen. So blieb ihr allein die Hoffnung auf ihren nächsten freien Tag, gleich welcher Wochentag es auch sein würde.

Weil nichts so unstet ist wie das Leben selbst, verfing sich auch der von Mechthild lang herbeigesehnte freie Tag wie in einem Netz, ähnlich dem, welches Vogelfänger aushängen, um eine Wachtel oder irgendeinen anderen Vogel einzufangen. War es am Vortag noch brütend heiß gewesen, regnete es an ihrem freien Tag. Bei diesem Wetter machte es keinen Sinn, ins Dorf zu laufen. Bis sie ihr Elternhaus erreicht hätte, wäre ihr Kleid durchnässt. Dort bliebe ihr dann nur, neben der Mutter am Waschtrog zu stehen. Müde und spät würde sie ins Schloss zurückkommen, wieder völlig durchnässt, denn die dicken Regenwolken hingen bis tief in die Kronen der Bäume herab.

So beschloss Mechthild, an diesem freien Tag im Schloss zu bleiben.

Sie wollte es wagen, in den oberen Etagen auf Erkundung zu gehen. Zugern hätte sie einen Blick in die Feinküche geworfen. Die alte Gundel hatte ihr erzählt, dort werde für den Hofstaat gekocht, für die fürstliche Familie. Ob sie auch den Mut haben würde, in eines der Zimmer zu blicken, um mit eigenen Augen die Pracht und die Herrlichkeiten selbst zu sehen, das wusste sie noch nicht. Auch durch den fürstlichen Garten würde sie gern schlendern, die Rosen bewundern, an ihnen riechen – aber gegen alle ihre Wünsche bestand für die Bediensteten ein striktes Verbot.

Was sollte sie nun tun?

Um deutlich zu zeigen, sie habe heut ihren arbeitsfreien Tag und lungere nicht faul herum, zog Mechthild ihr einziges Ausgehkleid an. Ihre Lederschuhe. Das

Haartuch ließ sie weg, flocht dafür die Haare in einen langen, dicken Zopf. Ihr Versuch, den Zopf zu einer Schnecke zusammenzudrehen und auf dem Hinterkopf festzustecken, misslang. Die alte Gundel, die sie als einzige um Hilfe gebeten hätte, werkelte schon in der Küche. So blieb ihr nur, den langen Zopf frei über den Rücken baumeln zu lassen.

So begab sich Mechthild auf ihre Entdeckungsreise.

Um die Grobküche machte sie einen großen Bogen. Mutig stieg sie am Ende des Ganges über eine steinerne Wendeltreppe nach oben. Ein Stockwerk höher hörte sie Geschirrklappern, bemerkte aber schnell den Unterschied. Hier oben waren es keine blechernen Töne, die in ihr Ohr drangen. Das Geräusch, welches hier Schüssel und Teller verursachten, klang weicher, melodischer. Auch die Zurufe von einem Bediensteten zum anderen klangen sanfter, als in der Grobküche.

Vorsichtig näherte sich Mechthild dem hellen Raum, hoffte darauf, endlich goldene Teller und Tassen zu sehen.

Voller Ehrfurcht blieb sie an der Tür stehen, allein ihrem Blick erlaubte sie ein tieferes Eindringen. Was sie sah, ließ sie erstaunen. Terrinen und Schüsseln aus schneeweißem Porzellan füllten die Regale. Und daneben, ja, Mechthild griff sich ans pochende Herz, da standen tatsächlich Teller mit goldenen Rändern. Der ganze Raum strahlte in einem einzigen Leuchten. Wäre heut kein Regentag, Mechthild konnte sich kaum vorstellen, wie die Sonne sich in all diesem Glanz widerspiegeln würde. Und wie sie so stand, übertrug sich all das Leuchten in ihr Gesicht. Ihre Augen wetteiferten mit dem Glanz der goldrandigen Teller.

„Sieh ock sisste, doas ies se, die andere Welt. Ich hoabs nie gegloobt, nee, nee, ich gloobs noch immer nich. Oaber nu hoab ich's gesahn", murmelte sie leise vor sich hin. „Nu weeß ichs ..."

Die letzten Worte waren wohl etwas zu laut über ihre Lippen gerutscht. Einige Mägde blickten zu ihr hin. Zuerst tuschelten sie leise untereinander, drehten sich dann Mechthild zu und machten vor ihr einen Hofknicks.

Peinlich betroffen floh Mechthild in den langen Gang.

An ungezählten Fenstern hastete sie vorbei, ohne auch nur einen einzigen Blick in den Fürstengrund zu werfen. Erst an der nächsten Treppe verharrte sie. Sollte sie jetzt schon wieder hinabsteigen in ihren dunklen Bereich? Es war so schön hier oben. Mit eigenen Augen hatte sie die goldenen Tassen und Teller gesehen, nun konnte sie daheim von all dieser Pracht erzählen. Josefa und Ida würden es ihr glauben müssen. Nur die goldenen Hähne, aus denen warmes Wasser fließen soll, hatte Mechthild noch nicht gesehen. Die gab es wohl nur in den fürstlichen Gemächern, wohin sie wohl niemals vordringen würde.

Mit einem Seufzer wandte sich Mechthild um und schlenderte weiter durch einen anderen Gang. Vor einer starken Eichentür verharrte sie. Zögerlich drückte sie die Klinke nieder, öffnete aber nur einen Spalt. Und wieder sah sie etwas, was ihr wie ein Wunder erschien. Eine Kaskadenterrasse lag vor ihren Füßen. Verwinkelte Stufen führten hinab zu blühenden Sträuchern. Am Mauerwerk kroch Efeu empor. Exakt geschnittene Buchsbaumreihen säumten die Wege.

Mechthild fühlte sich wie im Traum.

Am liebsten wäre sie hinausgetreten, über die weißen Kieswege geschlendert, hätte sich noch fürstlicher gefühlt … doch der heftig strömende Regen schwemmte all ihre Fantasien hinweg.

Enttäuscht schloss sie die Tür.

Kaum umgewandt, hörte sie aus der Tiefe des Ganges eilige Schritte, die näher kamen. In ihrem Schreck wollte Mechthild, wie es ihre Art war, das Kleid vor der Brust raffen, fürchtete aber, ihr Sonntagskleid könnte Schaden nehmen. Also unterließ sie es. Mit bangendem Herz horchte sie auf. Plötzlich durchfuhr sie ein Schreck.

Würde jetzt ihr Galan kommen, als fürstlicher Jäger im grünen Rock? Ängstlich, aber auch voller Erwartung, drückte sie sich in eine Mauernische. Mechthilds Herz klopfte bis hinauf in ihren Kopf.

„Maria, hilf!", stammelte sie leise vor sich hin, war sich aber uneins, ob es der rechte Hilferuf sei. Käme jener, auf den sie hoffte, müsste eigentlich ein „Maria sei Dank" über ihre Lippen huschen. Näherte sich aber ein anderer, bliebe es bei: „Maria hilf!"

Bangendes, rasendes Herz.

Endlich löste sich das Rätsel. Ein Mann kam hastigen Schrittes auf Mechthild zu. Die strahlend weiße Kleidung verriet seine Stellung. Die hohe, steife Mütze eines Kochs saß kerzengerade auf seinem Kopf. In seiner Hand, wie ein Zepter, ein überlanger hölzerner Kochlöffel. In gebührlichem Abstand blieb der Weißgekleidete vor Mechthild stehen, staunte sie von oben bis unten an, legte dann seine freie Hand auf seine Brust und deutete eine leichte Verbeugung an.

„Verzeiht, gnädiges Fräulein. Ich sah Euch an der Küchentür. Ich fürchte, ihr habt euch verlaufen und möchte euch deshalb behilflich sein."

„Nein, nein. Ich weiß, wo ich bin." Mechthild zögerte, blickte sich verlegen um. „Ich wollte hinaus in den Garten, aber der Regen …"

„Verzeiht erneut, gnädiges Fräulein", unterbrach der Koch. „Noch nie sah ich Euch an der Tafel sitzen. Seid Ihr neu im Schloss? Als wessen Gast?"

Mechthild blieb unentschlossen. Sollte sie lügen? Auf welch kurzen Beinen sie dabei stehen würde, war ihr bekannt. Sie wusste ja nicht einmal einen Namen, den sie als ihren Gastgeber nennen konnte.

„Verzeiht. Es ist nicht meine Art neugierig zu sein. Aber, als erster und höchster Koch seiner Durchlaucht, unseres gnädigen Fürsten, werde ich stets über alle neu ankommenden Gäste informiert. Dabei erfahre ich die besonderen Wünsche des Gastes. Seine Lieblingsspeisen." Mit einem Lächeln fügte er noch hinzu: „Natürlich erfahre ich auch, was der Gast nun gar nicht mag, damit es ihm nicht versehentlich serviert wird."

Mechthild wünschte, vor Scham im Boden zu versinken. Sie, ein gnädiges Fräulein? Was würde mit ihr geschehen, erführe der Chefkoch ihr erbärmliches Dasein?

„Ein Lakai muss versäumt haben, mir Meldung zu machen. Verzeiht deshalb meine Frage, wessen Gast Ihr seid?"

Mechthild lauschte mehr dem Ton der Stimme, als auf den Sinn der Worte. War das ihr Galan, der zu ihr sprach? Dass er keinen Grünrock trug, bedeutete ihr nichts. War er im Schlosskeller als Jüngling erschienen, im Fürstengrund als Jäger, warum sollte er jetzt kein weißes Kleid tragen? Die Feinküche war doch ganz in der Nähe. Die langen Gänge verzerrten jedoch den Klang der Stimme. Alles, was Mechthild vernahm, tönte hohl, kam im Echo zurück.

„Bitte, verzeiht mir, gnädiges Fräulein. Ich muss erfragen, wer Ihr seid. Der Bereich der Küche wird üblicherweise weder von der fürstlichen Familie, noch von Gästen betreten."

Dieser letzte Satz drang endlich in seiner vollen Bedeutung in Mechthilds Verstand. Ihr Galan konnte es nicht sein. Seine Art zu reden wäre eine andere gewesen. *Liebmägdelein* hätte er gesagt, nicht *Gnädiges Fräulein*.

Der höchste Koch des Hofes hatte sie gestellt, nun gab es keine Ausreden mehr. Verschämt knickste sie vor dem großen Mann, dem die hohe Kochmütze eine übermenschliche Größe verlieh. Leise flüsterte sie:

„Verzeiht, ich bin Mechthild, eene Magd. Bin ei der Grobküche angestellt." Schnell fügte sie noch hinzu: „Hab' heut frei … es ist mein freier Tag … da dacht' ich … ich …"

Weiter kam das zitternde Mädchen nicht.

In dem vor ihr stehenden Mann vollzog sich eine Verwandlung. Wie eine Schlange, die sich häutet, kroch er aus seiner bisherigen Unterwürfigkeit heraus. Sein Kopf hob sich, sein Kinn strebte nach vorn. Seine Augen funkelten. Auch der Kochlöffel schien diese Wende mit zu vollziehen. Wirkte er bislang wie ein Zepter, das von einem König voller Stolz getragen wurde, mutierte er jetzt beim schnellen Wechsel von einer Hand in die andere zu einem Gerät, das allen Jungköchen Furcht einflößt. Ganz nahe trat der Hauptkoch an die verschüchterte Magd heran.

„Eine Magd bist du? Aus der Grobküche?"

Die Stimme des Mannes grollte wie der Donner, der genau in diesem Moment aus dem Fürstengrund empor hallte. Mechthild kullerten erste Tränen über die Wangen. Ein sanftes Schluchzen erschütterte ihre Brust. Der weiße Riese trat noch einen Schritt näher heran, schob seinen langstieligen Kochlöffel nach vorn und drückte mit ihm Mechthilds Kinn in die Höhe. Lange blickte er in das tränennasse Gesicht der Magd. Und wieder wandelte sich seine Stimme. Überraschend zärtlich, als habe er ein weinendes Kind vor sich, kam seine nächste Frage:

„Wie, sagtest du, sei dein Name?"

„Ich bin die Mechthild."

„Mechthild. So, so. Und du wolltest an deinem freien Tag einmal hinauf in die Feinküche, um zu sehen, wie dort die Arbeit ist."

Schüchtern nickte die Angesprochene. Zu gern hätte sie sich ihre Tränen aus dem Gesicht gewischt, hatte aber kein Tüchlein parat. Mit einer höflichen Bewegung, (die Mechthild sofort wieder an ihren Galan denken ließ), bot ihr der Koch eine Serviette aus feinstem Damast. Erschrocken trat Mechthild einen Schritt zurück, wischte sich mit ihrem Handrücken über die Wangen. Nie hätte sie es gewagt, ein solch feines Tuch zu beschmutzen.

„Wäre es dir eine Freude, bei mir in der Feinküche zu arbeiten?"

Mechthild glaubte ihren Ohren nicht zu trauen. Der Chefkoch werde sie augenblicklich entlassen, war ihre Befürchtung, und nun dieses Angebot? Scheu nickte sie und trocknete gleichzeitig mit dem Ende ihres Zopfes ihr Gesicht.

„Dann komm mit."

Der Mann drehte sich um und lief im langen Gang zurück. Mechthild zögerte. Alles, was um sie geschah, war so unwirklich. Aber wieder hörte sie das fordernde Kommando:

„Na, komm schon!"

Von Kindheit an hatte Mechthild gehorchen gelernt. Vater, Mutter, Lehrer, Pfarrer, jedem war sie stets Untertan gewesen. Sogar der Drittköchin im Keller war sie längst ergeben. Wie hätte sie jetzt, diesem Höchsten aller Köche des Schlosses, den Gehorsam verweigern können? Zaghaft folgte sie, achtete aber auf devoten Abstand. Noch bevor sie die Feinküche erreicht hatten, öffnete der Mann eine Tür.

„Tritt ein!"

Zögernd hob die Magd ihren Fuß über die Schwelle ... im gleichen Moment zuckte vom Fürstengrund her ein greller Blitz durch die Fenster, dem ein kräftiger Donnerschlag folgte. Erschrocken blieb Mechthild an der Tür stehen, doch der Koch lächelte ihr zu und zeigte mit dem langen Löffelstiel, an welchen Platz sie sich stellen soll. Kaum war sie eingetreten, schloss er behutsam die Tür.

„Wenn du hier oben arbeiten willst, musst du sauber sein. Hast du das verstanden?"

Mechthild nickte. Worte wollten ihren Hals nicht passieren.

„Zeig mir deine Finger."

Artig streckte Mechthild ihre Hände nach vorn. Der Küchenmeister trat näher an sie heran, hob erst die eine, dann die andere Hand in Augenhöhe.

„Zeig mir deine Zähne!"

Gehorsam öffnete Mechthild ihre Lippen. Die Magd hoffte darauf, er werde auch ein Urteil sprechen, ein „Gut" oder ein „Schlecht", doch es kamen nur neue Befehlsätze.

„Schuhe ausziehen."

Ohne sich zu bücken schob Mechthild mit Hilfe ihrer Zehen die Sonntagsschuhe von den Füßen, während der Koch einen Hocker nahe heran zog.

„Stell den rechten Fuß hier herauf!"

Mechthild tat, wie von ihr gefordert. Vom Fürstengrund her verstärkte sich das Donnergrollen.

„Hast du Läuse?"

Noch bevor Mechthild ihren Kopf schütteln konnte, kam der nächste Befehl.

„Löse dein Haar."

Zögerlich holte die Magd ihren Zopf nach vorn, nestelte ihn auf und schüttelte die vom Flechtwerk entstandenen Locken aus. Wieder fuhr der Löffelstiel nach vorn, teilte das Haar Strähne für Strähne, hob es an und ließ es über den langen Stiel wieder hinab gleiten. Noch immer fehlte jedes Wort eines Lobes oder eines Tadels.

„Eine Magd hat auch unter ihren Kleidern sauber zu sein. Zieh dein Kleid aus!"

Erschrocken griff Mechthild an ihren Hals, löste aber gehorsam die Kordel, die den leichten Sommerstoff gebunden hielt. Ihre Furcht, bei Ungehorsam entlassen zu werden, besiegte all ihre Angst. Schamröte lief über ihr Gesicht, als der Stoff zu Boden glitt. Außer ihrer Unterhose, die vom verdeckten Bauchnabel bis zu den Knien reichte, verbarg nun nichts mehr ihre Nacktheit. Mit ihren gelösten Haaren versuchte sie, ihre zierlichen Brüste zu bedecken. Doch das währte nicht lange. Mit dem langen Löffelstiel schob der Koch Haare und Hände von der Mädchenbrust weg.

„Wie oft wäscht du dich?"

Bevor Mechthild auch nur ein Sterbenswörtlein herausbringen konnte, kam der nächste Befehl. Mit seinem langen Zeigestock deutete der Koch auf den noch bedeckten Teil des Mädchenkörpers.

„Zieh aus!"

Mechthild gehorchte. Zuerst öffnete sie die rosa Schleifen über ihren Knien, dann das Band um ihre Hüfte. Die Hose glitt hinab zu dem am Boden liegenden Kleid. Mit einem Wink hieß der Koch die Magd, aus dem Kreis der vom Körper geglittenen Kleider herauszutreten. Schamhaft tat Mechthild einen Schritt zur Seite, versuchte dabei mit ihren Händen die behaarte Stelle ihres Körpers zu verdecken.

„Streck deine Arme seitwärts!", hieß der neue Befehl. Tränen traten in Mechthilds Augen, als sie Gehorsam leistete. Langes Nachdenken blieb ihr erspart, denn schon die nächste Anweisung:

„Füße auseinander!"

Mechthild tat, wie ihr geboten. Bedächtig umschritt der Koch die zitternde Magd. Ihre bisherige Hoffnung, jener, der sie herumkommandierte, könne vielleicht doch ihr Galan sein, diesmal im Kleid eines Kochs, zerrann von Minute zu Minute. Als sie der Jüngling im dunklen Gang oder später der Grünrock im Fürstengrund berührt hatten, waren andere Gefühle durch ihren Körper gerauscht. Gefühle des Glücks, der Wonne, der Seligkeit. Gefühle des Gleitens, des Fliegens, des Dahinschwebens. Hier aber fühlte sie nur Beklemmung. Angst sogar.

Immer wieder ging der Weißgekleidete schweigend um sie herum. Plötzlich blieb er vor ihr stehen. Ein gieriges Lächeln huschte über sein Gesicht. Als er seine Hände nach Mechthild ausstreckte, jagte ein Blitz sein grelles Licht in den Raum. Es zischte und fauchte, als züngelten tausend giftige Schlangen. Gespenstisch grün und bläulichrot loderten die bis dahin so weißen Wände. Ein gewaltiger Donnerschlag ließ Mauerwerk und Menschen erbeben. Von der Feinküche her klirrte es, als seien alle güldenen Tassen und Teller in tausend Stücke zersprungen.

Einen kleinen Moment zögerte der Koch. Unsicher, was zu tun sei, drehte er sich dann aber um, stürmte zur Tür hinaus und eilte hinüber in seine Küche.

Mechthild zitterte am ganzen Körper. Nur mit Mühe gelang es ihr, zurück in ihre Kleider zu schlüpfen. Wie im Traum suchte sie den Weg zur Wendeltreppe und stieg sie Stufe für Stufe hinab, bis sie wieder auf dem Platz angekommen war, von dem sie glaubte, er sei für sie auf alle Ewigkeit bestimmt.

„Blussig hier eim Keller, ei der Dunkelheet, doo werd ich mei jämmerliches Laba nun eenmal laaba missen."

*

Aus der Tiefe des Fürstengrunds waberte eine Stimme an den Felswänden in die Höhe.

„Wer von euch hat es gewagt, Blitz und Donner gegen das Fürstenschloss zu schleudern? Das Recht, die Geister der Natur zu wecken, ist allein bei mir. Bei mir, eurem Geisterfürst! Der bin immer noch ich!"

„Nich ... nich", tönte es im Echo zurück.

Erneut zuckten gespenstische Blitze durch die Enge des Tals; der Donner, den sie auslösten, brach sich an den Felswänden und ließ sie erzittern.

Voll schäumender Wut schrie der Fürst aller Phole:

„Genug des bösen Spiels. Nur mir allein gehört die Macht den Naturgewalten zu gebieten!"

In seiner Wut griff der Fürst der Phole in das graue Wolkengebräu über seinem Kopf, zerriss alles, was es in sich trug. Doch damit war sein Zorn noch nicht gestillt. Wütend streckte der Alte seine Arme immer weiter aus, griff nach den Wolken, die an der Kuppe des Hochwalds fest hingen; angelte sogar hinüber zur Hohen Eule. Zuletzt sog er mit seinem kräftigen Maul das regenschwere Gebilde ein, welches den Zobten verhüllte. Tief hinein in den Fürstengrund zog er all diese Naturgewalten und schleuderte sie gegen die Felsen.

Da dauerte es nicht lange und das Wasser des Höllebachs schwoll an. Gurgelnd und tosend riss es Felsgestein aus den steilen Wänden, entwurzelte Bäume. Als die ersten Stämme auf dem schäumenden Getöse durchs Tal rauschten, jubelten die Phole vor Freude, sprangen mit lautem Geschrei auf die treibenden Hölzer und ließen sich aus dem Talgrund hinaustreiben. Ihre Jubelgesänge jagten den Dörflern, an deren Häusern sie vorbei trieben, Angst und Schrecken ein.

Aber schon begann der Pholefürst mitten hinein in all dieses Toben zu jammern.

„Bleibt hier, meine Söhne! Bleibt hier bei mir im Fürstengrund!"

Doch gegen diese brausenden Fluten kam seine alte Stimme nicht mehr an. Nur einer der Phole war bei ihm geblieben. Mutig und unerschrocken drängte er sich nahe an den Alten heran.

„Lass' ihnen den Spaß! Viel Freude wird ihnen nicht mehr vergönnt sein. Keiner von ihnen ist klug genug, ein jungfräulich Mägdelein zu finden. Allesamt sind sie unfähig, das Reich der Phole zu erhalten."

Zuerst wollte sich der alte Geisterfürst empören, drohte gar, nach einem Blitz zu greifen, ihn dem Aufmüpfigen entgegenzuschleudern. Dann aber besann er sich, zog seine weit ausgestreckten Arme vom Hochwald und von der Hohen Eule zurück und wandte sich dem Rebellen zu.

„Krähen soll nur der Hahn, der seiner Henne sicher ist."

Bei diesem Satz funkelten die Augen des Alten wie unstetes Wetterleuchten.

„Ein kleiner Rest der alten Weisheiten scheint in dir noch lebendig zu sein", wagte der Rebell zu erwidern. Um freie Sicht auf das Antlitz des Alten zu haben, bog er den Gipfel einer Fichte zur Seite.

„Du weißt es genau, alter Gevatter, nur wenn es einem von uns gelingt, unseren Samen in einer menschlichen Jungfrau reifen zu lassen, werden wir überleben. Uns bleibt nur wenig Zeit, wollen wir nicht aussterben."

„Das ist es, was ich euch immer gepredigt. Wenn's einem von euch nur endlich gelänge! Mein Sehnen, das Zepter weiterzugeben, ist groß."

Der Höllefürst legte seine Arme müde in seinen Schoß. So mutlos hatte der junge Phol den alten Gevatter noch nie gesehen. Weil ihm aber in seinem Leben das Gefühl von Mitleid nie vermittelt wurde, spornte ihn die Verzweiflung des Alten an. So ließ er, ohne zu zögern, die zur Seite gebogene Fichte los. Mitten ins Gesicht des Höllefürsten schlug sie eine Kerbe.

„Hör zu, Alter. Ich bin es gewesen, der nach den Kräften der Natur griff! Droben im Schloss lebt ein Zartmägdelein, das meinen Samen trägt. Blitz und Donner waren vonnöten, es zu beschützen. Was schiltst du mich drum? Ja, Gevatter, ich hab sie gefunden, nach dem alle so lang gesucht. Ich hab ihr, los jeder Gewalt, meinen Samen anvertraut. Ich hab' ihr, was sie herzlich erfreute, das Fliegen gelehrt. Das Schweben. Ich bin es, der das Reich der Phole neu begründen wird. Ich bin es, der uns alle vor dem Aussterben bewahrt! Ich! Ich! Ich bin es!"

Und während er das alles aus sich herausschrie, wuchs er über sich hinaus.

Bei jedem ICH, welches im Gesicht des Gevatters zerschellte, spürte er seine wachsenden Kräfte. Die Stimme des Alten klang dagegen matt.

„Wenn dem so ist, dann ist es gut, was du getan. Aber meine anderen Söhne, die wilden Gesellen, werden sie je wieder zurückfinden in den Fürstengrund."

Da bäumte sich der junge Phol auf, hob sogar seine Faust.

„Wer hat sie zur wilden Jagd getrieben? Warst du es nicht, der die Wolken zerriss? Der das Chaos entfesselte? Ich schlug lediglich Blitze gegen das Schloss, und das im rechten Moment."

So sind sie, die seltsamsten Momente im Leben, wenn ein Sohn sich gegen seinen Vater erhebt. Wenn das Alte seine Kraft schwinden sieht; wenn das Gelehrsame nicht mehr gelehrsam, nur noch marode klingt; wenn das, was Mut gewesen ist, einer Bedenklichkeit den Vortritt lässt; wenn sich Spontaneität in Zaghaftigkeit wandelt - das Junge dagegen verspürt die sprießenden Säfte in seinen Adern! In seinen Lenden! Wenn das aufkeimende Leben mutig macht und zur Erkenntnis führt; zum Wissen, wessen Stunde geschlagen; wessen Potenz überlegen; wessen Mächtigkeit die eines strotzenden Baumes ist, der sein Kronendach über die anderen schiebt.

Dann ist sie gekommen, die Stunde des Triumphs, des Gelingens und der Erfüllung für den, der die Zeit mit sich weiß. Keine Frage um Rat wird mehr gestellt, nur noch Bedauern gibt es und tröstliche Worte.

„Lasst ab, Gevatter, besorget Euch nicht. Der Jungfräulein sind es nur wenige hier. Vielleicht gibt es draußen im Tal mehr davon. Wer sucht, der findet. Wer heimkehren will, kehrt zurück."

„Du bist der Weisheit voll, trotz deiner noch jungen Jahre. So wird es einen Grund geben, warum du das grüne Gewand eines Jägers trägst. Sagst du ihn mir?"

„Wisst, Gevatter, mein *Zartmägdelein* stand an der Tür zum fürstlichen Garten. Dort wollt ich ihr nahe sein. Liegt da ein grünes Kleid nicht nahe."

„Fürwahr, fürwahr. Doch bin ich voller Zweifel. Im Schloss eine Jungfräuliche? Geglaubt hätte ich's nie."

„Drei Tage erst war sie im Schloss. Der Duft ihrer Blume gefiel mir sofort."

„Ist's gar eine Fürstliche?"

„Wer ein jungfräulich Kind im Leibe trägt, ist mehr als fürstlich."

*

Das Unwetter hatte eine Nacht und einen Tag lang gewütet. Die Gärten rund um das Schloss waren verwüstet, dicke

Äste von Blitzen abgeschlagen, Zweige vom Sturmwind geknickt. Die zuvor reich blühenden Sträucher standen kahl, Blätter und Blüten lagen im schmierigen Morast. Die Erde der oberen Kaskaden war hinabgespült bis zur untersten Sohle. Hätte die steinerne Mauer, die die Gärten gegen den Abgrund schützt, dem Unwetter nicht standgehalten, der fruchtbare Boden wäre in der Tiefe des Fürstengrundes verloren gewesen.

Dem Schloss selbst war wenig geschehen, zu kraftvoll war es auf den mächtigen Fels gebaut. Lediglich in der Feinküche war ein Fensterflügel, der nicht richtig verschlossen war, in abertausend Splitter zertrümmern. Dem fürstlichen Geschirr mit den goldenen Rändern war nichts geschehen.

Der oberste Koch wandelte das Geschehene in eine göttliche Gnade und dienerte mit solchen Worten vor dem besorgten Fürsten.

*

Damit die Gärten rings um das Schloss schnell wieder in ihrem alten Glanz erstrahlen, wurden alle Knechte und Mägde, die anderswo entbehrlich schienen, den Gärtnern zugeordnet. Mechthild war es nur recht, als die Drittköchin sie auslobte. Eine Arbeit in freier Natur war ihr wohlfeil, nicht nur der frischen Luft und des Sonnenscheins wegen. Mechthild hoffte darauf, in den Gärten die fürstliche Familie flanieren zu sehen. Vielleicht könne sie während der Arbeit sogar einen Blick in die Tiefe des Fürstengrunds werfen, einen grünen Jägersmann entdecken. Oder einen Jüngling? Welcher der beiden erscheinen würde, wäre ihr gleich. Sie ahnte es längst, ihr Galan könne jederzeit sein Erscheinen verändern. Käme er dieses Mal gar als Gärtner zu ihr?

Mechthild wurde aufgetragen, mit anderen Mägden den Bereich zwischen dem mächtigen Eingangstor und der Schlosstreppe zu säubern. Die Fürstenfamilie sollte bei ihren Spaziergängen nicht über abgebrochenes Geäst stolpern. Alles sollte in Windeseile wieder standesgemäß sein.

„He, du! Werschte nich asu viel rumglotzen!"

Ein Aufseher fuhr Mechthild grob an.

„Halt' deine Blicke gefälligst am Boden. Und merk dir eens: Wenn die ferschliche Familie oder edle Damen und Herren an dir vorbeigehen, do haste dich hinzuknien und deinen Kopf zu senken. Verstiehste? Oder besser ies für dich, glei ganz zu verschwinden. Suchst dir eene andere Stelle. Abgebrochene Äste liegen überall herum. Haste mich verstanden?"

Mechthild nickte stumm. Sie konnte zwar nicht verstehen, warum sie weglaufen soll, käme der Fürst in ihre Nähe, wollte sich aber genau an die Anweisungen halten. Am Abend wagte sie, einen alten Gärtner, dessen weißer Bart viel Würde, seine blauen Augen Vertrauen ausstrahlten, höflich und leise zu fragen.

„Warum darf ich nich ei der Nähe bleim, wenn der Ferscht kummt? Ich hoab doch keene ansteckende Krankheit nich."

Zwei Gründe wusste der Alte ihr zu nennen.

„Weeßte Madel, wenn de zu nahe bei denen bist, dann kennste ja hörn, woas die miteinander reden tun. Doas schickt sich nich. Obwohl, weeßte, manchmal koannste ja goarnischte nich verstehn nich, woas die so daherlabern. Die reden in eener anderen Sproache miteinander. Ich gloobe, doas ies französisch. Und außerdem, Madel, du möchst, wenn sie an dir vorbei giehn, eenen falschen Hofknicks machen, weil du ihn nich gelernt hoast richtig. Und doas kennte lächerlich ausschaun. Doas tät die Herrschaften beleidigen. Verstehste?"

Immer wieder sollte Mechthild etwas verstehen. Trotzdem dankte sie dem alten Gärtner und nahm sich gleichzeitig vor, den richtigen Hofknicks jeden Tag neu einzuüben.

Am nächsten Tag waren alle grauen Wolken verschwunden. Die Sonne strahlte von einem rein gewaschenen Himmel. Mechthild freute sich über die klare Luft und bedauerte alle, die ihre Arbeit tief unten in den Kellergewölben verrichten mussten. Je höher die Sonne stieg, umso fröhlicher wurden auch die anderen Mägde, die neben Mechthild die Gärten säuberten. Ihre Stimmen klangen hell, man konnte meinen, sie wollten es den Vögeln gleichtun. Die Fröhlichkeit dauerte aber nicht lange. Ein, in verwaschenes Grün gekleideter, besonders groß gewachsener Mann, herrschte sie an, sie sollten ihr Maul halten und still ihre Arbeit verrichten.

Mechthild glaubte, er schaue besonders auf sie.

So wurde ihr plötzlich bang. War dieser Großgewachsene ihr Galan, diesmal im Gewand eines Gärtners? Aber - würde der sie so anschreien? Ihr Galan, da war sich Mechthild sicher, würde versuchen sie wegzulocken von den anderen. Er würde ihr eine Arbeit auftragen, bei der er ihr nahe sein könnte. Drüben, an der Burgmauer, der kleine Schuppen, in dem alle Gerätschaften aufbewahrt wurden, dorthinein würde er sie locken.

„Hol' einen größeren Korb, einen neuen Rechen" würde er ihr auftragen, sie als sein *Zartmägdelein* in den Arm nehmen, mit ihr weit hinaus über den Fürstengrund fliegen. Das Schloss mit ihr schwebend umkreisen. Höher und höher steigen. Zuletzt, sie fest an seine Brust gedrückt, über die Spitze des Turms hinaus schwirren, mitten hinein in das Blau des Himmels.

In ihren Träumen verweilte Mechthild nur einen kleinen, ganz kurzen Augenblick, schon stand der Aufseher neben ihr. Mit einem langen Stock deutete er hierhin und dorthin, zeigte auf herumliegende Blätter und schalt sie der Faulheit.

„Maulaffen feilhalten gibt's hier nicht. Wenn du zu faul bist, dich zu bücken, gehst du zurück in den Keller oder in die Grobküche. Verstanden!?"

In ihrer Verlegenheit hätte Mechthild beinahe vor dem Gärtner einen Hofknicks gemacht, erschrak selber darüber und schalt sich, eine verträumte Gans zu sein. Eilfertig hob sie Blatt für Blatt, Zweig für Zweig vom Boden auf und drückte alles in ihrem Weidenkorb fest.

Die breiten Wege waren verschlammt. Zuerst kratzten die Knechte alles weg, dann trugen sie Körbe herbei, vollgefüllt mit weißen Kieselsteinen. Die wie Perlen glitzernden Steinchen wurden gleichmäßig verteilt und mit hölzernen Stampfern festgeklopft. So waren dem Fürsten und allen, die zum fürstlichen Hof gehörten, die Wege bald wieder bereitet.

Die bei den Aufräumarbeiten verursachten Spuren im Rasen, von den eisenbeschlagenen Wagenrädern und den Hufen der Kaltblüter tief eingedrückt, wurden von den Mägden mit Erde aufgefüllt, danach mit Rasensoden zugestopft. Am dritten Tag nach dem Unwetter war der gesamte Bereich zwischen dem von steinernen Löwen bewachtem großen Eingangstor und dem prächtigen Schloss wieder hergerichtet. Jeder Neuankömmling hätte ungläubig den Kopf geschüttelt, erzählte man ihm von den großen Schäden, die der Sturm angerichtet hatte.

So sehr Mechthild während der Arbeit ihre Blicke hatte schweifen lassen, von der Fürstenfamilie war ihr niemand zu Gesicht gekommen. Der Bemerkung einer anderen Magd:
„Vielleicht ies die Fürschtlichkeet goar nich eim Schlosse!", setze Mechthild selbstbewusst entgegen:
„Die sein schun derheeme, weil die Foahne hängt ja uffm Turme."
Nur zu gut kannte Mechthild den Spruch des Vaters: *‚Hängt der Lappen draußen, ist der Lump drin.'*
Wäre der Vater Kutscher hier im Schloss, er hätte seine Pferde bestimmt mitten durch die Blumenbeete kutschiert. Wenn die Rösser vor dem großen

Schlossportal ihre Schwänze gehoben und ihren Gruß hinterlassen hätten, der Vater wäre weitergefahren, als sei nichts passiert. Mechthild konnte das nicht verstehen. Warum kann man sich nicht freuen, ein *Fürstlicher* zu sein? Vielleicht liegt das am Alter, überlegte sie, wollte aber auch nicht weiter darüber nachsinnen.

Am nächsten Tag wurde Mechthild zu einer anderen Arbeit eingeteilt. Von den oberen Terrassengärten hatte der Regen nicht nur die Sträucher bis tief hinunter an die unterste Schlossmauer gespült, auch die Erde musste in Eimern wieder hoch getragen werden. Mechthild war es gewohnt, kräftig zuzupacken.

Es dauerte aber gar nicht lange, da drängte einer der jungen Knechte immer mehr in ihre Nähe. Sein bohrender Blick fiel Mechthild auf.

„Ob der mich kennt?", brummelte sie leise vor sich hin. „Ob der frieher mit mir ei die Schule oder ei insere Kerche[11] geganga ies? Derweil ich immer ganz vurne uff der Jungfrauenbank gesassa bin, kunnt ich ja nie genau sahn,[12] wer ganz hinga gestanda ies. Oder stoammt ar aus eenem Nachbardurfe?"

---

[11] Kirche
[12] sehen

Während Mechthild so nachgrübelte, sprach sie der Knecht an:

„Sagst du mir, wie du heißt?"

Weil Mechthild schamhaft zu Boden blickte, unschlüssig, ob sie auf eine solche Ansprache antworten dürfe, wiederholte der junge Mann seine Frage und fügte noch hinzu:

„Damit du es gleich weißt, mein Name ist Balder."

Unsicher blickte Mechthild nach allen Seiten. Einer der Aufsicht führenden Gärtner könnte Anstoß nehmen, wenn sie sich mit einem Knecht während der Arbeit unterhielt. Weit und breit war aber keiner mit einer grünen Schürze zu sehen. So raunte sie schnell zur Seite:

„Mechthild. Ich heiße Mechthild."

„Ein schöner Name."

Wie im Zufall griffen beider Hände gleichzeitig nach einem Eimer, der vollgefüllt war mit schwerer, nasser Erde. Beider Finger berührten sich für einen kurzen Moment. Da war es Mechthild, als zucke ein Blitz aus seiner Hand in die ihre. Erschrocken riss sie ihren Arm zurück, doch der Knecht lachte nur hell auf.

„Gell, der Eimer ist viel zu schwer. Lass nur, ich trage ihn für dich nach oben."

Mechthild wollte abwehren, wollte erklären, sie sei es gewohnt, schwere Arbeiten zu verrichten, fand aber so schnell keine geeigneten Worte. Der junge

Bursche hatte zu ihr nach der Schrift gesprochen, so glaubte sie, es folglich auch tun zu müssen. Sein flottes Bärtchen, welches er über der Oberlippe trug, ließ ihn etwas fremdartig aussehen.

‚Vielleicht ist ar goar vun wuandersch haar? Meecht vielleicht goar een Wanderbursche sein?', überlegte Mechthild. Auf keinen Fall dürfte sie dann mit ihm „pauern", so reden wie die Bauern. Während Mechthild weiter nachsann, eilte der Knecht mit dem schweren Eimer die Steintreppen bis zur obersten Kaskade hinauf, schüttete die abgeschwemmte Erde wieder zurück in das Beet, aus dem der Regen sie herausgespült hatte und kam blitzschnell wieder zu Mechthild zurück.

„Siehst du, für einen Mann ist keine Arbeit zu schwer!", lachte er Mechthild ins Gesicht und stellte den Zuber direkt vor ihre Füße. In ihrer Verlegenheit griff sie schnell nach der Schaufel und füllte das Gefäß bis zum Rand mit der regennassen Erde. Wieder sprang Balder die Stufen hinauf, leerte den Eimer und brachte ihn zu Mechthild zurück. Und wie sie so schaufelte, wie er danach die Treppen hinauf und wieder herab eilte, glich diese harte Arbeit einem lustigen Spiel. Längst hatte Balder bemerkt, wie die Magd ihm die Last verringerte, die letzte Schaufel Erde wegließ.

„Du darfst die Eimer schon recht voll füllen, mir schadet es nicht."

„Morgen ist auch noch ein Tag", antwortete Mechthild verlegen. „Es wird nicht gut sein, wenn du dich übernimmst."

Kaum hatte Mechthild diese Worte ausgesprochen, erschrak sie. Sie hatte den Fremden geduzt und schalt sich *„een tummes Luder!"*

Im Stillen hörte sie die Stimme der Mutter, die ihr ausdrücklich mit auf den Weg gegeben hatte: *„Bei eenem Fremden heeßt es immer Sie. Blußig die Pauern heeßen sich du."*

Bevor sie sich aber entschuldigen konnte, hörte sie die Frage:

„Wohnst du unten im Dorf?"

‚Ich bin eene Magd und ar ies een Knecht', ging es Mechthild durch den Kopf, ‚wo ies do der der Unterschied? Ar duzt mich ja ooch, doa brauchts keene Entschuldigung.'

So beschloss Mechthild beim Du zu bleiben.

„Ja, ich wohn unten im Dorf, direkt an der Bache."

Kaum hatte sie diesen Satz beendet, ärgerte sie sich erneut über ihr dummes Gelaber. *Direkt an der Bache*, das klingt ja, als hauste sie daheim wie die Ratten. Schnell fügte sie hinzu:

„Wir wohnen gar nicht weit weg von der Kirche."

„In dem kleinen Haus, direkt unter dem Schloss?"

„Ja. Gleich hinter unserem Haus steigt der Fels hoch bis hinauf zum Schloss."

„Dann lebt ihr immer im Schatten."

„So kann man es sagen. Kein einziger Sonnenstrahl trifft unser Haus. Wir leben, wie man so sagt, im Schatten vom Schloss."

„Gehst du jeden Abend nach Hause?", fragte Balder als nächstes, was Mechthild verschämt verneinte.

„Ich habe im Schloss eine Bettstatt neben vielen anderen Mägden. Aber ich bin schon aufgestiegen. Zuerst war ich den Heizungsöfen zugeteilt, jetzt bin ich in der Grobküche. Vielleicht darf ich bald in der Feinküche arbeiten."

Über das Wort *aufgestiegen* freute sie sich, über ihre Begegnung mit dem Chefkoch in der Feinküche erzählte sie aber nichts. Warum sollte sie alles aus ihrem Leben erzählen? Von Balders Leben wusste sie doch auch nichts. Ihre Freundin Josefa, die in der Stadt arbeitete und viel mehr Erfahrung besaß, hatte ihr einmal gesagt: ‚Weeste, es ies immer gutt, wenn du nich glei oalles derzählst. Weeste, een Geheimnis macht dich viel interessanter bei den Männern!'

„Wohnst du ooch ... wohnst du auch hier im Schloss?"

„Nein, nein."

„Aus unserem Dorf bist du aber nicht."

Balder streckte seinen Arm lang dorthin, wo morgens die Sonne aufging.

„Ich wohne ... da drüben, auf Liebche zu."

„Dann bist du wohl in der großen Gärtnerei, in Liebche?"

„Mitunter auch."

Nun war das keine Unterhaltung, die so Satz für Satz gesprochen wurde. Zwischen all den Fragen und Antworten, schaufelte Mechthild die Eimer voll und Balder trug sie, mal schneller, dann auch wieder mal etwas langsamer, die Terrassentreppen hinauf, entleerte die Gefäße und klopfte den Rest an einem Stein aus. Während der kurzen Zeit, in der Mechthild ausschnaufen konnte, schossen wilde Gedanken durch ihren Kopf.

‚Der Kerl redet nicht viel. Der hat wahrscheinlich genau so viel Erfahrung, wie die Josefa. Immer een kleenes Geheimnis für sich behalten, asu ies es richtig.'

Dann fiel Mechthild der eigene Vater ein, der auch kein Wort zuviel redete, als notwendig. Vielleicht sind alle Männer so, überlegte sie. Ganz gleich, ihr sollte es recht sein.

Das ging nun drei Tage so.

Wenn Balder Mechthild ermunterte, die Eimer nur recht voll zu füllen, er sei stark genug für diese Arbeit, sah sie ihn schelmisch an. Sollte sie ihm erklären, ihre gemeinsame Arbeit würde länger dauern, trüge er nur halbvolle Eimer die Treppen hinauf? Sollte sie ihm verraten, wie gern sie in seiner Nähe arbeitete und sich schon vor dem Tag fürchtete, an dem sie wieder in die Grobküche zurückbeordert würde? Sollte sie ihm zu erkennen geben, welches unwirkliche Gefühl in ihr aufquoll, allein wenn sie ihn ansah? Wenn sich ihre Hände am Eimergriff berührten?

Nein!

Auch sie wollte endlich einmal ein Geheimnis in sich tragen. Wollte so sein, wie es ihre beste Freundin Josefa geraten hatte. Würde sie Balder über ihr armseliges Leben erzählen, er würde vielleicht alles Interesse an ihr verlieren. Breitete sie ihm gar ihre Gefühle offen aus, er könnte sie schamlos ausnutzen, womöglich ihre Ehre zerstören. So lächelte sie ihn nur schamvoll an und versuchte damit zu kaschieren, warum ihre Hand absichtlich lange am Eimergriff verweilte, gierig darauf, die seine zu berühren.

Weitere drei Tage dauerte es, bis alle abgeschwemmte Erde wieder am rechten Platz war. Schnell brachten die Gärtner Sträucher und Heckenpflanzen, die dem Kaskadengarten seine alte Pracht zurückgaben. Der Mai war hell und warm, und alles rund um das Schloss strahlte wieder in alter Schönheit.

Balder dehnte seinen Rücken.

„Morgen ist Sonntag, der Ruhetag wird uns gut tun."

Mechthild musterte ihre schwieligen Hände.

„Wenn ich in die Grobküche zurück muss, gibt's auch am Sonntag viel zu tun. Der Hunger plagt die Leute auch dann, wenn sie nicht arbeiten."

„Dir steht ein freier Sonntag zu, nach dieser Schufterei."

„Die Drittköchin hoat mich schun lange aufm Kieker, die macht mir doas zu pusse."

Ohne es zu wollen war Mechthild in die Bauernsprache gerutscht, hatte sagen wollen, die Köchin wolle sie absichtlich schikanieren, doch Balder schien alles verstanden zu haben.

„Lass es dir nicht gefallen. Wenn es gar nicht geht, zeig der Köchin deine Hände und sag ihr, die Erde hat sich so tief eingegraben, mit solchen Fingern kannst du nicht in einer sauberen Küche arbeiten."

So glücklich und froh Mechthild auch darüber war, wie Balder ihr mit guten Ratschlägen beistand, umso mehr ärgerte sie sich über ihre Hände. Verschämt wickelte sie sie in ihre Schürze, doch der schrille Pfiff eines Gärtners ließ sie zusammenzucken.

„Haltet keine Maulaffen feil! Die Magd geht in die Küche, und du, Bursche, gräbst den Gärtnern die Pflanzlöcher!"

Sollte das der Abschied für immer sein? So plötzlich?

In ihrer Verzweiflung wagte es Mechthild, Balder voll in die Augen zu blicken. Zu gern hätte sie ihm in diesem Moment alle ihre Gefühle offenbart, sie ihm laut ins Gesicht geschrien. Sie musste aber nicht schreien, zu deutlich redeten ihre Augen. Balder verstand zu lesen, was da geschrieben stand und raunte ihr kaum hörbar zu:

„An deinem freien Tag warte ich auf dich, unten im Fürstengrund."

*

Der Fürst der Phole erwachte aus seinem Schlaf. Er rieb sich die Augen und blickte aus der Tiefe des Fürstengrunds hinauf zum Schloss. Auf hohem Fels, eingerahmt von blühenden Gärten, stand es hoch über ihm. In den Glasfenstern spiegelte sich die Sonne.

„Warum glänzt es bei ihm und nicht bei mir? Reicht es diesem Menschenfürst nicht, auf hohem Felsen zu thronen, während ich im tiefsten Grund hausen muss? Warum quellen bei ihm die Kräfte des Lebens, während mir und den meinen der Untergang droht? Warum sind seine Lenden fruchtbarer als die meinen? Meine Söhne begehren ein einzig, jungfräulich Mädchen. Das Fliegen und Schweben würden sie ihm lehren, wie es kein Menschenmann vermag."

Voller Groll schlug der Fürst der Phole mit seiner großen Hand ins Wasser des Höllenbachs. Seine Verbitterung wuchs ins Maßlose. Stets hatte er sich diesem menschlichen Fürsten überlegen gefühlt, hatte ihn mit Blitz und Donner überfallen, so oft ihm danach gelüstete. Nun aber fühlte er seine Kräfte schwinden. Ungeduldig wartete er auf die Rückkehr seiner Söhne, die an jenem Sturmtag auf den Wellen des Höllenbachs davongebraust waren. Bislang waren nur drei wieder zurückgekehrt und hockten nun, mutlos und matt, auf dem Fels, von dem man das Schloss gut sehen konnte. Mühsam hangelte sich der alte Fürst der Phole zu ihnen hinauf, um die Heimkehrer zu befragen.

„Wo sind sie geblieben, meine anderen Söhne?"

„Weggetrieben von der Flut ..."

„… bis weit hinter Striege …"
„… in die Ebene hinaus …"
„… vielleicht gar bis in die Uuder[13]."

Der Alte griff nach einem Stein und schleuderte ihn voller Zorn hinunter in den Fürstengrund. Er wusste, längst waren die Kräfte der Geister im Schwinden. Wer nicht den Mut besaß, rechtzeitig von den entwurzelten Bäumen abzuspringen, für den würde es keine Rückkehr mehr geben. Früher, als die Macht der Phole noch ungebrochen war, konnten sie auf den Wellen des Höllebachs gefahrlos bis zu dem großen Fluss reiten, den die Menschen die *Uuder* nannten. Jetzt aber, da reichten die Kräfte kaum über *Striege*[14] hinaus. Erblühte nicht bald ein junger Geist, die Phole würden den Fürstengrund, der seit der Entstehung der Erde ihre Heimat gewesen ist, verlassen müssen. Vielleicht ganz aus dieser Welt verschwinden.

„Und wo ist Balder?"

Die Stimme des Fürsten der Phole klang müde. Mit grimmigem Gesicht starrte er auf das mächtige Schloss, welches direkt vor seinen Augen seine Pracht zeigte. Aus der Tiefe der Schlucht, die ihn von diesem prächtigen Bau trennte, blubberte das Rauschen des Bachs. Seine

---

[13] Oder
[14] Striegau

Söhne saßen schweigend zu seinen Füßen. Da begann der Alte zu klagen:

„Ihr wisst, meine Söhne, ihr wisst! Nur wenn es einem von euch gelingt, den Samen der Phole in einem jungfräulich Menschenweib zum Blühen zu bringen, wächst ein neuer Geist. Neun Monde, welch lange Zeit, trägt das Jungfräulein einen Knaben in ihrem Leib. Gebiert sie ihn endlich, stirb nach dreizehn Tagen das Menschliche von ihm ab. Nur der neugeborene Geist stirbt nicht - er kehrt zurück zum Spender des Samens und verleiht ihm neue Kräfte. Erhebt ihn zum neuen Fürst aller Phole und das für dreizehn saturnische Jahre."

Erschöpft vom ungewohnt vielen Reden blies der Alte einige weiße Wölkchen hinüber zum Schloss, doch sie waren zu schwach, den Fürstengrund zu überqueren. Da meldete sich einer der Söhne zu Wort.

„Bis Striege bin ich geritten, immer in der Gefahr, vom Baumstamm in die schäumende Flut zu stürzen. In jedes Haus hab' ich meine Nase gesteckt. Kein jungfräulich Mädchen, weit und breit. Glaubt mir, ich hätt' es gespürt."

„Stimmt nicht!", rief ein anderer dazwischen. „Im Dorf, gleich neben der Bache, lebt eine. Die Menschen nennen sie die *Mesnerin*. Ihre jungfräuliche Blume ist aber schon lange am Welken. Vor fünfzig Erdenjahren wäre sie ein Jungbrunnen gewesen. Für dich, Gevatter! Warum hast du es damals versäumt?"

Der Alte reckte sich, spuckte die Steine, an denen er herumkaute, in den tiefen Grund und hob, wie zu einer Entschuldigung, seine Arme.

„Oh, diese Mesnerin! Versucht hab ich's bei ihr, das müsst ihr mir glauben. Tagaus, tagein hab ich's versucht. Geschmeide habe ich ihr gebracht, sogar pures Gold. Sie nahm alles an und trug, was ich ihr geschenkt, in die Kirche. Auf den Altar hat sie es gelegt, das Gold und alles andere. Mit geweihtem Wasser hat sie es besprizt. Auch ihren Körper! Wisst ihr, wie das riecht?"

Alle nickten mit den Köpfen. Murmelnd erzählten sie sich, wie schwer es sei, diesen Geruch zu ertragen.

„Wenn die Kirchentür offen steht, dringt der Geruch bis weit über die Bache."

„Auch über dem Schloss riecht es manchmal so. Aus dem dritten Turm, auf dem sich ein vergoldeter Hahn im Wind dreht, aus dem stinkt es ebenfalls so abscheulich."

„Hinter der *Uuder* soll es noch Jungfräuliche geben. Der Sturmwind hat es mir eingeflüstert", wusste einer der Zurückgekehrten zu berichten, doch der Alte mahnte sogleich.

„Wer sich zu weit vom Fürstengrund entfernt, kehrt nicht mehr zurück. Wir sind schon zu schwach. Uns fehlt der neue Geist, nur der kann uns alle beleben."

„So meinst du, wir sind für immer verloren?"

Der Alte streckte seinen Arm über den Fürstengrund, zeigte auf die blitzblanken Fenster des Schlosses.

„Balder sagt, er sei auf einem guten Weg. Dort drüben."

Die jungen Phole schüttelten ungläubig ihre Köpfe.

„Unsere Nasen sind jünger, als die vom Balder. Der Duft einer jungfräulichen Blume wäre uns niemals entgangen."

„Die Menschen sind gierig geworden. Kaum hat ein Mädchen seinen Zopf verloren, schon fallen die Männer über seine Jungfernschaft her."

Einer der Phole, Barchet wurde er genannt, kratzte sich am Bart.

„Die Menschen haben wohl erfahren, was wir zu unserem Überleben brauchen. Deshalb lassen sie keine Mädchen mehr reifen. Ausrotten wollen sie uns, stürzen sich auf noch unmündige Mädchen!"

„Sie zerstören Hymen, bevor sie ausgereift sind!"

Und während die Phole so saßen und ihrem Unmut über die Menschen freien Lauf ließen, begann es um sie herum zu schwirren. Aus der Tiefe drang ein Brausen zu ihnen herauf, tausend Bienenvölker schienen auf einmal zu schwärmen. Schnell suchten die Phole Schutz hinter den Stämmen der Bäume. Selbst der Fürst stieg vom hohen Gestein herab und drückte sich tief ins Gras. Es dauerte aber nicht lange, dann verdichtete sich das Schwirren zu einer Gestalt. Auf dem hohen Fels, auf dem bislang der Alte gesessen hatte, stand Balder. Verwundert hoben die Phole ihre Köpfe. Balder stand aufrecht und stemmte seine Hände in die Hüfte, seinen Kopf hob er so hoch, als trage er eine Krone. Erwartungsvoll sahen alle zu ihm auf. Balder schien diesen Anblick zu genießen. Schweigend blickte er von einem zum anderen, aus seinen Augen strahlte ein siegreiches Lächeln.

„Nun denn, ich sage euch: Es ist geschafft. Dreimal umschlang ich sie. Dreimal lehrte ich sie das Fliegen. Dreimal übertrug ich ihr meinen Samen. Alles ist, wie es sein muss. Der Same der Phole wächst in einem jungfräulich Menschenweib. Wir sind gerettet!"

Schnell kamen die Fragen nach *wann* und *wo*, doch Balder wischte alles mit einer Handbewegung hinweg. Lustvoll nahm er sich hingegen des Alten an.

„Erkennst du mich nun an, als den neuen Fürst? Oder lässt du mich warten bis zur Geburt? Neun Monde brauchen die

Weiber der Menschen, eine lange Zeit. Du bist zu elend, so lange noch unser Fürst zu sein. Vorhin, ich hab es vom Talgrund her gesehen, wolltest du in deinem Zorn eine Wolke zum Schloss hinüber blasen. Sie geriet dir aber so schwach, schon die ersten Baumwipfel saugten sie auf. Was ist? Erkennst du mich an? Oder fehlt dir schon die Kraft, mir Bescheid zu geben?"

Der alte Fürst der Phole verharrte schweigend im Gras. Erschreckt über das, was soeben geschehen war, sann er nach, was jetzt zu sagen sei. Balder nutzte die Zeit. Er erhob sich zu voller Größe, blickte vom höchsten Fels auf seine Mitbrüder hinab und ging sie mit starker Stimme an.

„Und was ist mit euch? Bin ich für euch der neue Pholefürst? Ja oder Nein? Bekennt euch! Ich will es wissen. Jetzt!"

Ratlose Blicke huschten hin und her. Als aber derjenige, der Balder im Alter am nächsten kam, aus unüberhörbarer Furcht ein zaghaftes „Ja" hauchte, folgten die anderen und klopften kräftig auf die Steine. Da stieß Balder einen Siegesruf aus, dass sich die Menschen weithin wunderten, aus einem wolkenlosen Himmel ein Donnergrollen zu hören. Der alte Fürst aber, nun all seiner Macht ledig, erstarrte im gleichen Moment zu einem Felsgestein, welches noch heute an gleicher Stelle zu finden ist.

*

In der Tannenkirche spendete der Priester seinen Ausgangssegen. Die Menschen schlugen noch einmal das gewohnte Zeichen, fühlten sich froh und frei von allen Sünden, die ihnen der Gottesmann nach reuigen Worten vergeben hatte. Gestärkt traten sie hinaus in einen strahlenden Sonntagmorgen.

Obwohl Mechthild zum ersten Mal an einem Sonntag frei hatte, war sie nicht rechtzeitig zur Messe ins Dorf gekommen. So sehr sie sich auch immer gewünscht hatte, wieder einmal neben Josefa und Ida in der Jungfrauenbank zu knien, grämte sie sich heute nicht. Balder hatte im Fürstengrund auf sie gewartet. Zum Schutz vor Räubern und Wildsauen war er bis zum Talausgang bei ihr geblieben. Aber nicht nur das. Durch alle Fasern ihres Körpers lief noch immer ein tosendes Brausen, das er in ihr ausgelöst hatte.

Sogar jetzt noch, nach Ende der Heiligen Messe, als sie ihre Freundinnen vor dem Kirchenportal begrüßte, musste sie sich bemühen, das Zittern ihrer Hände zu verbergen.

„Früh wollt ich da sein", brachte ihre Stimme bebend hervor, „aber es geschieht so viel Ungewolltes."

Es war ihr gelungen, in der Schriftsprache zu reden, was Mechthild mit

Stolz erfüllte; nur das Wort *Ungewolltes* hätte sie gern vermieden.

„Doas du an deinem freien Tag ooch noch ei aller Früh buckeln musst, doas verstieh ich nich."

Josefa erregte sich, und Ida pflichtete ihr bei.

„Und ooch noch oan eenem Sunntich[15]! Doas ies schun oarg."

„Ooch nee, weeßte, ich hoabs gerne gemacht", wehrte Mechthild ab. „Es konn ooch eene gruuße Freide sein, woas man asu oalles erlebt."

Schnell war alles *Fürstliche* von Mechthild abgefallen. Sie redete wieder, wie sie es gewohnt war, erzählte vom Schloss und allem Schönen, was sie gesehen hatte.

„Stallt euch fier, blußig mit weißen Handschuhen derfen die Mägde doas edle Geschirr berührn; niemoals mit der nackta Hand."

Das wollten die Mädchen nicht glauben.

„Gloobt mersch.[16] Die Gläser, aus denen die Fürschtlichen trinken tun, die sein asu dünne und zerbrechlich, die derf nur eene eenzige Zofe anfassen. Die hoat Finger, die sein asu dürre wie Spinnenbeene. Sogar der Chefkoch berührt oalles Wertvolle nur mit eenem

---

[15] Sonntag
[16] Glaubt es mir.

hölzernen Löffelstiel. Der ies mindest eenen ganzen Meter lang."

Mechthild begann zu fabeln von herrlichen Zimmern, (die sie nie gesehen), von Vorhängen aus reinstem Brokat. Sie schwärmte von der Farbenpracht der Gobelins, (drei Tage lang hatte sie sich bemüht, dieses Wort richtig auszusprechen). Riesige Lüster gebe es in den Festsälen, deren Facetten das Licht der weißen Kerzen tausendfach widerspiegeln. Sie palaverte von goldenen Wasserhähnen, aus denen warmes Wasser laufe, gleich ob am Tag oder in der Nacht; erdachte sich weißen Damast für so breite Betten, darin man bequem auch quer liegen könne. Teppiche gäbe es, die so weich wären, laufe man auch nur wenige Schritte darüber, glaube man zu schweben. Palmen stünden herum, wie man sie im Dorf nur kenne vom Bild in der Kirche, welches das Heilige Land zeigt. Mechthild schilderte Begegnungen mit der fürstlichen Familie, machte den Hofknicks vor, und bei allem redete sie immer schneller, damit ihre Freundinnen keine Zeit bekamen, Fragen zu stellen. Erst als die Mittagsglocke ihre mageren Töne erklingen ließ, trennten sich die Mädchen und eilten heim in ihre kärglichen Stuben.

Kurz vor der anbrechenden Dämmerung machte sich Mechthild wieder auf den Rückweg ins Schloss. Kaum hatte sie den Fürstengrund erreicht, begann sie zu trödeln, blieb manchmal stehen und blickte sich nach allen Seiten um. Ihre zögerlichen Schritte verrieten ihre Erwartung. In ihrem Gesicht glühte die Hoffnung, sie werde erwartet. Aber nicht Irgendeiner sollte dieser Jemand sein; sie wüsste ihn schon zu benennen, diesen Herbeigesehnten. Hatte er nicht gesagt: ‚Ich warte im Fürstengrund auf dich?' So hoffte Mechthild, er träte jeden Moment hinter einem der Bäume hervor, aber nichts geschah. Sich immer wieder umdrehend und nach allen Seiten Ausschau haltend, schlenderte sie langsam dahin. Als sie die Felswände erreicht hatte, auf denen hoch oben das Schloss thronte, blieb sie mitten im Bach stehen. In ihrer Enttäuschung trampelte sie im Wasser herum und spritzte es voller Enttäuschung gegen die Steine. Balder war nicht gekommen. Auch ihre letzte Hoffnung, er werde an der Eingangstür zum Schlosskeller auf sie warten, zerschlug sich. Beim letzten, traurigen Blick zurück in den Fürstengrund fielen ihr die Worte ein, die damals der Grünrock zu ihr gesagt hatte: *‚Übersättigung führt zum Erbrechen, nicht zum Genuss!'*

Sollten alle Männer so denken? Auch Balder?

Mit einem tiefen Seufzer schloss Mechthild die schwere Eisentür.

Am nächsten Morgen, Mechthild hatte schlecht geschlafen, stand sie schon lange vor der Zeit in der Grobküche. Sie war neugierig zu erfahren, für welche Arbeit sie heute eingeteilt würde. Noch fehlte jede Geschäftigkeit im Schloss. So vermied auch Mechthild jede Bewegung, hielt sogar ihren Atem an, um ja keinen Laut zu erzeugen.

Plötzlich näherten sich Schritte. Ein livrierter Diener betrat die Grobküche, verharrte gleich an der Tür. Als er Mechthild sah, kam er näher und fragte nach der Drittköchin.

In ihrer Verlegenheit machte Mechthild einen Hofknicks.

„Dort drüben müsste sie eigentlich …", mehr wusste sie in ihrem Schreck nicht zu sagen. Zum Glück betrat in diesem Moment die Köchin den Raum, Mechthild gab mit einem Kopfnicken dem Livrierten das zustimmende Zeichen. Sein Disput mit der Drittköchin dauerte nicht lange. Suchend blickten die beiden umher. Da aber nur Mechthild anwesend war, wurde sie herangewinkt und ihr bedeutet, sie solle dem Diener folgen.

In gebührlichem Abstand ging Mechthild hinter dem Mann her. Ihr Herz klopfte, als spürte es eine Veränderung.

Zuerst führte sie der Diener durch den langen Gang. Als er seinen Fuß auf die Wendeltreppe setzte, hätte Mechthild am liebsten geschrien: ‚Nein! Nicht dorthin! Nicht in die Feinküche!', sie wagte aber keinen Laut. Schon nach wenigen Stufen war die Stimme des obersten Kochs zu hören. In Mechthilds Gedanken tauchte der lange Löffelstiel auf - der Livrierte stieg aber, zu ihrer Freude und Erleichterung, noch weiter nach oben.

Vor einer weißlackierten Tür blieb er endlich stehen. Mit einem Handzeichen gebot er Mechthild, schicklich Abstand zu halten. Nach einem kurzen Anklopfen trat auch er einen Schritt zurück. Es dauerte, bis geöffnet wurde. Mechthild konnte nicht verstehen, was geredet wurde, glaubte gar, es könnten französische Worte sein, die an ihr Ohr drangen. Verlegen zupfte sie an ihrem Kopftuch und an ihrer Schürze herum. Der Livrierte verbeugte sich vor der unsichtbaren Person, mit der er palavert hatte, und gab im Weggehen Mechthild mit einem Handzeichen zu verstehen, sie solle näher zur Tür treten.

Mechthild zögerte.

Sie spürte ihr pochendes Herz und raffte, wie es ihre Art war, die grobe Schürze wie ein dickes Seil vor die Brust. Weil das alles recht lange dauerte, trat eine große, spindeldürre Frau hinter der Tür hervor. Auf ihrem Kopf thronte ein weißes Gebilde aus gestärktem Stoff mit gesteiften Spitzen. Die langärmlige, mit feiner Spitze besetzte Bluse der Frau war bis unter die Kinnspitze geschlossen. So etwas Schönes hatte Mechthild noch nie gesehen. Allein diese Bluse erhob ihre Trägerin in Mechthilds Augen zu einer Hofdame, wenn nicht gar zur Fürstin selbst. Musste sie jetzt einen Hofknicks machen? Oder genügte der einfache?

„Was trödelst du?"

‚Sie hat die Augen eines Habichts', schoss es Mechthild durch den Kopf, bevor sie ihre Knie beugte.

„Wie heißt du?"

„Mechthild – Mechthild Pielok."

„Mechthild reicht mir. Komm!"

Mechthild betrat hinter der Dame einen hellen, großen Raum. Alles strahlte in Weiß. Selbst die Morgensonne hatte es schwer, den Hauch einer Farbe dem überquellenden Glanz aufzuzwingen. In der Mitte des Raumes stand ein riesiger Tisch. Weißgestrichene Holzregale, angefüllt mit weißer Wäsche, reihten sich an den Wänden. Mechthild blieb nur das Staunen. Sie hatte noch nicht alles erfasst, was es zu sehen gab, fuhr sie die Frau an:

„Bist du sauber?"

Ein gewaltiger Schreck durchzuckte Mechthild. Es war die gleiche Frage, die der Chefkoch in der Feinküche gestellt hatte. Zaghaft streckte Mechthild ihre

Hände nach vorn. Mit scharfem Blick begutachtete die Frau die Fingernägel, gab aber kein Urteil ab.

„Komm her. Hier ist dein Platz. Gleich werden die anderen Mädchen Wäsche aus der Wäscherei bringen. Sie werden dir zeigen, wie man sie zusammenlegt und im richtigen Regal stapelt. Wenn du fleißig und reinlich bist, sollst du es hier gut haben."

Im gleichen Moment wurde die Tür aufgerissen, vier Mädchen trugen lachend und scherzend zwei hochgefüllte Wäschekörbe herein. Sie stellten die Körbe rechts und links auf zwei Hocker, drehten ihre Gesichter der Dame zu und jede machte einen tiefen Knicks.

„Seht, das ist Mechthild. Wenn sie nicht zu ungeschickt ist, wird sie euch bei der Arbeit behilflich sein. Zeigt ihr bitte, was sie zu machen hat. Und habt etwas Geduld mit ihr."

Wieder knicksten die Mädchen und verharrten in der devoten Haltung, bis die Spindeldürre den Raum verlassen hatte.

Danach wandten sich alle der Neuen zu, betrachteten sie von oben bis unten, nannten ihre Namen. Zu Mechthilds Überraschung streckte ihr jede die Hand entgegen. Eine holte aus einem der Wäscheregale ein Kleid mit dünnen blauen und grauen Streifen, drückte es Mechthild in den Arm.

„Das musst du jetzt anziehen, die Madame will es so."

Erst jetzt fiel Mechthild die einheitliche Kleidung der Mädchen auf. Verlegen ging sie in eine Ecke des vom Licht durchfluteten Raums und drehte sich schüchtern zur Wand. Mit zitternden Fingern löste sie die Bänder ihrer grauen Sackleinenschürze und ließ sie auf den Boden gleiten. Ihr war, als stächen die Augen der anderen Mädchen wie glühende Nadeln in ihren Rücken. Sollte sie sich ihrer Nacktheit schämen? Als sie dann aber den weichen Stoff des neuen Kleides an ihrem Körper herab gleiten spürte, fühlte sie sich einem Schmetterling gleich, der aus der Raupe kriecht. Ein anderer Mensch schien sie plötzlich zu sein, ein wertvollerer, einer, wie sie es noch nie gewesen war.

„Hübsch bist du!"

„Schön siehst du aus!"

„Komm, stell dich hier neben mich."

Nach diesen aufmunternden Worten leerten die Mädchen die Wäschekörbe auf den großen Tisch und begannen mit ihrer Arbeit. Schon nach wenigen Erklärungen wusste Mechthild zwischen Tischtüchern, Bettlaken und Kopfkissen zu unterscheiden. Ohne in ihrer Arbeit nachzulassen plauderten die Mädchen, lachten manchmal sogar. So etwas hatte Mechthild noch nie erlebt. Sie hörte aufmerksam zu. Immer wieder glaubte sie das geflüsterte Wort *Spinne* zu hören.

„Gibt's hier Spinnen?", wagte sie in ihrer Naivität zu fragen. „In dem sauberen Raum hab' ich noch keine gesehen."

Die Mädchen sahen sich verlegen an. Sie schienen zu überlegen, ob die Neue schon vertrauenswürdig sei, ihr Geheimnis zu erfahren. Dann flüsterte Berta.

„Was ich dir jetzt sage, das darfst du niemandem weitersagen, verstanden?"

Mechthild nickte scheu.

„Unsere Madame, du hast doch gesehen, wie spinnendürr sie ist. Wir nennen sie – aber nur, wenn sie es nicht hört! – die *Spinne*. Diesen Namen darfst du niemals laut sagen, sonst bist du hier sofort wieder weg. Unsere Madame ist nämlich eine richtige Freifrau, wenn du weißt, was das ist. Verarmter Adel. Unser gnädiger Herr Fürst hat sich ihrer angenommen und ihr alles unterstellt, was mit Wäsche zu tun hat. Auch dort, wo die ganz persönliche Wäsche der Fürstenfamilie besorgt wird. Überall ist sie die Chefin, unsere Madame."

„Sie ist sogar eine der Hofdamen", mischte sich Hemma ein. „Manchmal, das hat sie uns selber erzählt, wird sie an die Hoftafel geladen. Dort ist sie dann nicht die Madame, sondern die Freifrau Adelheid von Sensenheim."

Mechthild erstarrte vor Ehrfurcht.

Hier reihte sich eine Überraschung an die nächste. War schon die Sauberkeit ihres neuen Arbeitsplatzes, das Lachen der Mädchen während der Arbeit, wie auch die schönen Kleider etwas Neues für sie, empfand sie es als die allerhöchste Ehre, unter der Aufsicht einer Freifrau arbeiten zu dürfen. Josefa und Ida würden staunen. Ob sie es auch der Mutter erzählen würde, wusste sie noch nicht. Dem Vater auf gar keinen Fall.

„Wenn du sie ansprechen willst, sagst du einfach: Madame", fuhr Berta fort. „Das andere, das mit der Freifrau, das will sie hier unten nicht hören. Nur oben an der Tafel darf ihr Adelstitel laut ausgesprochen werden."

Trotz aller Plauderei arbeiteten die Mädchen fleißig weiter. Es wurde gelegt und gezogen, gefaltet und glatt gestrichen, übereinander gestapelt und in die Regale geräumt. Mechthild fand sich schnell ein. Alles ging ihr gut von der Hand und manches Lob wurde ihr zugerufen.

Als plötzlich ein Glöcklein ertönte, erschrak Mechthild, doch das Lachen der Mägde wurde noch lauter. Alle legten das, was sie soeben in der Hand hielten, auf den Tisch und forderten Mechthild auf, es ihnen gleich tun. Gemeinsam liefen sie in einen Nebenraum, setzten sich auf die Stühle, die um einen runden Tisch standen und räkelten Arme und Beine.

„Immer wenns bimmelt, doa hoan mer Pause!"

Vor Verwunderung blieb Mechthild der Mund offen. So lange sie im Schloss arbeitete, eine Pause hatte es während der Arbeit nie gegeben. Und schon gar keine Möglichkeit, sich hinzusetzen. Die größte Überraschung aber, die Mädchen redeten plötzlich nicht mehr in der Schriftsprache.

„Wo kummste denn haar?", wurde Mechthild gleich gefragt und: „Biste aus dem Durfe unten?"

Froh darüber, nicht gefragt worden zu sein, ob sie ‚*von der Bache*' komme, was die Dorfbewohner immer ein wenig schäbig fanden, gab sie schnell zur Antwort:

„Ja, ich bin aus dem Dorf. Gleich neben der Kirche wohnen meine Eltern."

Prustendes Gelächter flog über den Tisch.

„Dohier konnste loabern wie derheeme.[17] Blussig drüba ei der Halle, durte missa mer fürschtlich reden."

„Weils die Spinne asu will."

„Ei der Halle sein mer fürschtlich. Dohier oaber, doa labern mir wie derrheeme."

Mechthild fiel von einem Staunen ins andere. Zu gern hätte sie die Mädchen gefragt, woher sie stammten, traute sich

---

[17] daheim

aber nicht. Sie waren im gleichen Alter, aber keine war ihr bekannt. Noch bevor Mechthild ihre Frage stellen konnte, kam die Antwort wie aus einem Mund.

„Mir sein oalle aus Liebche!"

Im gleichen Moment ertönte wieder das Glöcklein. Wie von Zauberhand vollzog sich eine erneute Verwandlung. Die Mädchen sprangen auf, stellten die Stühle ordentlich zurück, strafften ihre Kleider und eilten zurück in die Halle.

„Wir müssen uns beeilen, zwei Körbe voll Wäsche stehen noch auf dem Tisch."

Berta nahm als erste das Wort. Mechthild vermutete, Berta müsse so etwas wie die Stellvertreterin der Freifrau sein. Den ganzen Titel hatte Mechthild vergessen, aber das Wort *Spinne* sollte nie in ihre Gedanken kommen, schon gar nicht über ihre Lippen. Eine Freifrau dürfe so nicht genannt werden, von ihr keinesfalls.

In der Nacht schlief Mechthild schlecht.

Ihr neues Kleid hatte sie in der Wäschekammer gelassen, um es in dem dunklen Schlafraum nicht zu beschmutzen. Berta hatte ihr am Abend noch gesagt, sie dürfe, wenn sie die Probezeit besteht, zu den anderen Wäschemädchen ziehen und in einem weißbezogenen Bett schlafen. Immer wieder drehte sich Mechthild unter der kratzenden Pferdedecke von einer Seite zur anderen.

„Träume sein keene Schäume, doas gloob ich nich", redete sie leise vor sich hin. „Unter eener Freifroo arbeeten und baale in eenem weißa Bette schloofen, nee weeßte, doas gloobt mir keener nich. Da bin ich baale eene richtige Fürschtliche. Und munne frieh, wenn ich wieder ei doas scheene Kleid neischlüpf, doo fühl ich mich wieder wie een Schmetterling!"

Tausend Gedanken wirbelten durch ihren Kopf, manche wurden zu Traumbildern, andere lösten Ängste aus. Als sie am Morgen erwachte, waren zwei Nachtgedanken noch in ihrem Kopf. Sie hatte sich vorgenommen, fortan nur noch in der Schriftsprache zu reden, um nicht vor der Freifrau aus Versehen zu *pauern*. Die Sprache der Bauern wollte sie ihr ganzes Leben lang nicht mehr benützen. Und die Mädchen, die alle aus Liebche waren, wollte sie fragen, ob sie einen Balder kennen, der vielleicht etwas mit der großen Gärtnerei in Liebche zu tun hat.

Nun arbeitete Mechthild schon seit drei Wochen in der Wäschestube, nach Balder hatte sie die Mädchen aus Liebche noch immer nicht gefragt. Am Ende wären diese vielleicht eifersüchtig. Trotzdem hätte sie gern etwas über ihn erfahren.

Mechthild schwenkte das Bügeleisen hin und her. Im kräftigen Luftzug glühten die Holzkohlen hell auf. Es schien, als verlangten die vielen Fragen, die ihr durch den Kopf schossen, nach Bewegung. Am liebsten hätte sie das schwere Eisen mit dem ausgestreckten Arm im Kreis geschleudert, wie sie es als Kind mit der offenen Milchkanne oft getan hatte, ohne dabei auch nur einen einzigen Tropfen zu verschütten.

,Vielleicht weiß Balder nicht, wo ich jetzt bin? Und wenn er es wüsste, traut er sich nicht hierher, weil ihn die Mädchen aus Liebche sehen könnten. Das will er vielleicht nicht. Ob er gar schon mit einer dieser Mägde ein Techtelmechtel gehabt hat, so wie mit mir? Mit der Berta, die immer das große Wort führt? Oder der aufgeputzten Hemma, die jeden Tag ein anderes Schleifchen im Haar trägt? Die stille Selma, die so verträumte Augen hat, wenn sie jemanden anschaut, die könnte dem Bader leicht zum Verhängnis werden. Oder mit der Hübschesten von allen, der Dorothea?'

Fragen über Fragen bedrängten Mechthild. Es gab hier so viel Neues. Wie wild fuhr sie mit dem heißen Eisen über das Bettlaken. Hin und her schob sie es, vor und zurück, als könnte sie so ihr Gedankenwirrwarr ausbügeln. Vielleicht würde sich, wie durch einen Zufall, die Möglichkeit ergeben, unauffällig nach Balder zu fragen? Immer, wenn sie an den

Burschen dachte, der ihr so fleißig geholfen hatte, die abgeschwemmte Erde wieder an den richtigen Platz zu bringen, stöhnte sie laut auf. Plötzlich wurde ihr übel. Nur mit Mühe gelang es ihr, das Bügeleisen auf den eisernen Ofen zu stellen. Die Hand vor den Mund gepresst, rannte sie zur Tür. Die Mädchen blickten ihr aufgeschreckt nach. Weil Mechthild auch nach fünf Minuten noch nicht zurück war, ging Berta sie suchen. Gleich würde Freifrau von Sensenheim ihren Kontrollgang machen. Nicht auszudenken, was sie sagen würde, wäre die Neue nicht an ihrem Platz. Darum ließ sich Mechthild von Berta schnell wieder an den Arbeitstisch führen.

„Ich danke dir, Berta", stammelte sie, griff nach den Laken und zerrte und zipfelte daran herum, ohne die richtige Form für das große Wäschestück zu finden.

Mehrmals am Tag wurde gewaschene Wäsche aus dem Waschhaus geholt. Weil sie jetzt zu fünf waren, durfte immer eines der Mädchen aussetzen. Mechthild drängte jedoch darauf, jedes Mal dabei zu sein. Beim Gang durch die Gärten hoffte sie, Balder zu entdecken. Stünde er gerade am Wegrand, während sie vorbeiginge, sie würde ihn nicht nur wiedersehen, sie würde auch erkennen, ob eines der Mädchen Balder bekannt ist.

So oft sie aber Ausschau hielt, es gelang ihr nicht, unter all den vielen Gärtnern, die geschäftig hin und her liefen, den Gesuchten zu entdecken.

Einmal wäre Mechthild vor lauter Suchen fast ins Stolpern geraten. Dorothea, mit der sie an diesem Tag die Wäsche holte, war abrupt stehen geblieben. Erschrocken wies sie nach vorn.

„Woas mach mer denn ietze? Durt kumma zwee Hufdamen."

In ihrem Schreck hatte Dorothea gepauert. Allem Personal war geboten, die breiten Wege zu meiden, sondern ‚hintenherum' zu laufen. War aber keine ‚Herrschaft' im Park, kürzten die Wäschemägde ihren Weg zum Waschhaus oft ab. Nun aber in einen der Nebenwege flüchten, dazu hätten sie mitten über den frisch gesäten Rasen laufen müssen. So blieb den beiden Mädchen nichts anderes, als stehen zu bleiben und zu warten, bis die Damen des Hofes sie passiert hatten. Der Korb, der für die saubere Wäsche bestimmt war, durfte auf gar keinen Fall auf die Erde gestellt werden.

Als die Hofdamen nahe heran waren, verbeugten sich beide und machten einen Hofknicks, so gut es, mit einem Korb in der

Hand, nur ging. Während Dorothea dabei verschämt zu Boden blickte, quälte Mechthild die Neugier.

,Vielleicht ist es die Fürstin', rätselte sie. ,Oder eine ihrer Töchter?'

Zu allem Schreck blieben die Damen vor den Mädchen stehen. Eine der Hofdamen richtete ihren Schirmknauf nach vorn und kokettierte mit süßlicher Stimme.

„Wussten Sie, meine Liebe, dass unsere Mägde zu den schönsten Mädchen gehören, die es weit und breit gibt?"

„Oh! Formidable. Compliment!"

Mechthild und Dorothea standen immer noch im Hofknicks gebeugt. Ihre verdrehten Füße machten es ihnen schwer, das Gleichgewicht zu halten. Zu allem Übel wurden sie auch noch angesprochen.

„Wie heißt ihr?"

Trotz trockener Kehle antwortete Mechthild schnell und gehetzt.

„Mechthild."

„Und du, mein Kind?"

Dorothea hob den Kopf und blickte die Hofdame an.

„Mein Name ist Dorothea, Madame."

Dorothea errötete, was ihrem Gesicht ein besonders schönes Leuchten gab. Mechthild dagegen ärgerte sich. Wie konnte sie nur so dumm sein und nur ihren Namen aufsagen. Hatte die Mutter nicht immer gesagt: ,Eenem Vornehmen wirft man keene eenzelnen Worte hie, wie eenem Hund eene Wurstpelle. Die wulln ganze Sätze hörn.'

„Meine Liebe, haben wir nicht wunderschöne Mädchen im Schloss?"

Mechthild rätselte weiter, wer diese Damen wohl sein könnten, freute sich aber gleichzeitig über das ausgesprochene Lob.

„Baron von Heckenheim philosophiert immer bei unseren Plauderstündchen darüber, ob die Schönheit des Schlosses die schönsten Mädchen von weit und breit einfach anzieht, wie der große Turm die Blitze; oder ob es die Schönheit des Schlosses ist, die den Mädchen Liebreiz und Anmut verleiht."

„Beides, meine Liebe, wohl beides."

Die Hofdamen wandten sich wieder ab und gingen, ihre Schirme schräg gegen die schon tief stehende Sonne haltend, zur hinteren Terrasse. Während Dorothea fürchtete, Freifrau von Sensenheim könne sie gesehen haben oder von dieser Begegnung hören und bei ihrer Rückkehr eine Schimpfkanonade loslassen, redete sich Mechthild ein, endlich die Fürstin gesehen zu haben. Wer sonst könne ein solch wunderschönes Kleid tragen?

Um die verlorene Zeit aufzuholen, liefen die Mägde hurtig, den Korb hoch in die Luft haltend, wie junge Fohlen quer über die Wiese. Keinen Moment achteten sie auf die Löcher, die ihre Füße in die frische Grassaat drückten. Mechthild war es grad recht. Vielleicht würde Balder morgen hierher beordert, den Schaden zu beheben. Dann könnte sie ihn endlich wiedersehen.

*

Der neue Fels, der erst vor wenigen Tagen aus der Erde gewachsen war, bot Balder den rechten Platz. Breitbeinig stellte er sich darauf und blickte hinüber zum Schloss. Hoch aufgerichtet wandte er sich an seine Brüder, die zu seinen Füßen hockten. Ihre Kleider, die sie angelegt hatten, zeigten wenig Fantasie. Balder war es nur recht. Er fühlte sich bestätigt in der Losung, die er seiner noch jungen Herrschaft vorangestellt hatte: *Einfältige sind leicht zu regieren.*

„Hört an!"
Seine Stimme geriet ihm ein wenig zu laut.
„Ihr wisst es! Dort drüben wächst das Wesen heran, welches unsere Zukunft rettet. Wage es keiner von euch, dem Schloss einen Schreck einzujagen. Einen magischen Kreis zog ich ums Schloss, keinem dort drüben darf ein Leid geschehen. Selbst dunklen Wolken, gefüllt mit Blitz und Hagel, ist der Zutritt verwehrt."

Eifrig neigten die wilden Gestalten ihre Köpfe vor ihrem neuen Fürst. Sie waren stolz auf ihn, hatte er es doch geschafft, den Samen der Phole in einem jungfräulich Wesen zur Reife zu bringen. Der alte Fürst war verschieden, nun gehörte Balder die Ehre, die Geisterwelt zu regieren.

„Und hört!", fuhr dieser fort. „Es besteht für euch keine Eile, ein jungfräulich Mägdelein zu finden. Für dreizehn saturnische Jahre ist das Reich der Phole gesichert. Dafür habe ich gesorgt."

„Noch ist er nicht geboren, der neue Geist", wagte Budger, der Jüngste der Gesellen vorzubringen. Mutig geworden durch diese Worte, fügte Botan hinzu:

„Im Schloss wird man ein schwangeres Weib nicht lange dulden."

Balder hörte die Bedenken seiner Brüder an. Weil Barchet, der als der Schlaueste galt, noch immer schwieg, forderte er ihn auf, zu reden.

„Sag an, Barchet, welches Wort ist das deine?"

Barchet saß, in ein Braunbärenfell gewickelt, mit seinem Rücken an eine große Fichte gelehnt und rieb sich das Fell.

„Schwer wird es sein, im dicken Gemäuer des Schlosses ihr hilfreich beizustehen."

„Schlau ist dein Reden, aber dumm dein Tun", fuhr Balder ihn an. „Was glaubst du, wird man im Schloss davon halten, wenn sie, bei windstillem Wetter, den Baum schwanken sehen, an dem du dich reibst? Seht hin!, werden sie rufen. Ein schlimmes Zeichen. Die Phole sind aufgewacht."

Balder winkte seine Brüder näher zu seinen Füßen. Er wollte sie folgsam sehen. Nur widerwillig gehorchte ihm auch der gescholtene Barchet.

„Fürwahr, wir Phole sind wach. Drum rief ich euch herauf aus dem tiefen Grund. Den Plan, den ich geschmiedet, will ich euch verkünden."

Dicht vor seinen Füßen kauernd, lauschten sie aufmerksam.

„Hört. Wir werden alles tun, damit meinem Zartmägdelein kein Unbill widerfährt. Sie soll Schaden anrichten, diesem Menschenfürst, soll ihm zerbrechen goldene Tassen oder anderes Zeug. Dann wird sie ihren Dienst quittieren müssen. Doch wir lindern ihr Leid. Geht sie dann traurig durch den Grund, werden wir ihr Gutes tun. Wie oft haben wir den Mägden aufgelauert, ihnen die fürstlichen Münzen entwendet. Wir taten es nicht, ihnen zu schaden; wir taten es, um ihre Nähe zu suchen, den Duft einer jungfräulich Blume ausfindig zu machen."

Der mutig gewordene Budger fiel Balder ins Wort.

„Leider immer vergebens."

Ohne Zorn über die Unterbrechung redete Balder weiter.

„Uns taugen die Münzen allein zum Spiel. Aber jener, die meinen Samen trägt, werden sie Freude und Hilfe bereiten.

Verlässt sie das Schloss, wird sie finden, was wir ihr auf den Weg legen."
„Zustimmend klopften alle, die um Balder versammelt waren, mit einem Stein gegen die Felsen.
„Still!", gebot der junge Geisterfürst schnell. „Es darf keinen Donner geben. Holt die Münzen aus euren Verstecken und haltet sie bereit."
Kaum hatte der junge Pholefürst ausgeredet, erhob er sich vom Fels und flog, obwohl es helllichter Tag war, als mächtige Eule dreimal um das Fürstliche Schloss.

*

Mit Wohlbehagen stieg Mechthild, so bald es zu dunkeln begann, in ihr weißbezogenes Bett. Neben aller Müdigkeit fühlte sie auch Glück und Freude. Schnell schlief sie tief und fest ein. Bevor sie aber hinüber glitt in die Welt des Schlafs, wünschte sie sich, ein Traum möge sie begleiten. Das Bild des Gärtners möge ihr erscheinen, die strahlenden Augen dieses gütigen Mannes, der auch einen Namen besaß: Balder. Wie hatte ihr Leib geglüht, ihr Herz gejubelt. Einem Gärtnerburschen hatte sie soviel Feingefühl niemals zugetraut. Tausendmal schöner sei es mit ihm gewesen, redete sie sich ein, als damals bei jenem Jüngling im dunklen Kellergewölbe oder beim Jäger im Fürstengrund. Er, Balder, war es, der sie von allem Irdischen gelöst. Wüsste sie nicht, dass er ein Gärtner sei, sie hielte ihn für einen Zauberer. Entschwebt war sie bei ihm in Gefilde, die sie noch nie gekannt.

„Ob's doas ies, woas die Mutter mir nie erklären wullte? Wo sie immer blussig gesoagt hoat: ,*Du weeßt schun!*' Dabei hoab ich nischts gewusst, goar nischte nich. Oaber itzig weeß ichs, iz weeß ich oalles."

Und während sie das alles dachte, breitete der Schlaf seine Flügel über sie und hüllte sie ein.

Mehrere Wochen vergingen, ohne besondere Ereignisse. Alle Arbeiten, die Mechthild aufgetragen wurden, erledigte sie mit großer Sorgfalt. Dabei geschah etwas, was sie nie gekannt hatte: sie erhielt Lob. Eines Tages durfte sie sogar zusammen mit Dorothea saubere Tischdecken hinauf in den kleinen Speisesaal tragen. Sie empfand es als eine weitere große Ehre. Nun würde sie in den oberen Stockwerken endlich dem Fürst oder gar der Fürstin begegnen.

Dorothea belehrte sie aber schnell eines Besseren.

„Was du dir nur denkst. Wir Mägde dürfen nicht über das breite Treppenhaus nach oben gehen."

So balancierten die beiden den Wäschekorb durch schmale Gänge und über dunkle Stiegen. Dorothea war das alles schon lange vertraut. Voller Sorgfalt stapelte sie die Tischdecken in einen der schmucklosen Wandschränke, die in den engen Gängen standen. Mechthild sah sich immer wieder neugierig um und entdeckte dabei eine Tür, die nicht ganz geschlossen war. Mit der Hand hinter dem Ohr lauschte sie in den Raum hinein, vernahm aber keinen Laut. Schnell zog sie ihre Schuhe aus und steckte den Kopf durch den Türspalt. Kein Mensch war zu sehen. Zaghaft wagte sie es, auf Zehenspitzen den glanzvollen Saal zu betreten. Ihr Herz pochte bis hinauf in die Schläfen. Alles, was ihr bislang nur ihre Fantasie vorgegaukelt, alles, was sie aus den Kindermärchen über Königschlösser gehört hatte, das alles verblasste vor dem, was sie jetzt sah. Geblendet von allem, was um sie glitzerte und glänzte, konnte sie einen kleinen Freudenschrei nicht unterdrücken.

Bisher hatte Mechthild ihren Freundinnen im Dorf immer nur vorgeschwindelt, sie wisse, welchen Reichtum es im Schloss gäbe, wie schön alles sei – jetzt wusste sie es. Mit eigenen Augen hatte sie all diese Pracht nun gesehen, und sie würde es im Dorf herumerzählen, würde alles noch farbenfroher ausschmücken, als es in Wirklichkeit war. Josefa und Ida würden begierig jedes Wort von ihren Lippen ablesen, natürlich alles in der, wenn auch schwierigen Schriftsprache erzählt.

„Ihr müsst mir das nicht übelnehmen, ich muss so reden. Was glaubt ihr, was passiert, wenn ich vor unserer Madame, der Freifrau von Sensenheim plötzlich zu pauern beginne, so rede wie die Bauern …"

So war es dann auch. Die Freundinnen wollten Mechthild nicht verstehen, werteten es gar als Überheblichkeit.

„Eenen Standesdünkel hoaste! Du gloobst, als *‚Fürstliche'* biste besser als mir."

*

So zerstörten Neid und Eifersucht die Freundschaft der Mädchen. Josefa und Ida begannen, Mechthild zu meiden. Im Elternhaus erging es Mechthild nicht besser. Je feiner Mechthild redete, um so mehr pauerte die Mutter.

„Gloobst wull, mir sein een Stickla Scheiße gega die druba eim Schlusse? Die honn den gleicha Oarsch wie mir. Sogar der Ferrscht. Und die Ferrschtin ooch! Doas de doas weeßt."

Die Schimpfkanonaden des Vaters, der den Fürst nicht mochte, kamen hinzu.

"Aar soll ocke den Hauern ei der Grube een poar Biema[18] drufflegn, uff den Hungerlohn, den aar zoahlt. Doa hätta die Kindla voo die Bergleut mehr zu beißa!"

Mechthild war dieses Gerede zuwider. Von nun an wollte sie an ihren freien Tagen nicht mehr nach Hause gehen.

War das Wetter schön, blieb sie fortan im Fürstengrund, lief auf und ab und hoffte, Balder zu begegnen. Wäre ihr der edle Jüngling oder der fürstliche Jäger begegnet, wäre das vielleicht ein nettes Vergnügen geworden; aber schon der Gedanke an beide ließ in ihr ein schlechtes Gewissen wachsen. Dem hilfreichen Gärtner, dem Balder, dem fühlte sie sich längst verpflichtet.

Doch sooft sie den gefährlichen Fürstengrund auch durchschritt, weder ihr Galan noch irgendwelche Räuber begegnete ihr. Nicht einmal Wildschweine querten ihren Weg.

*

Schon in den ersten Wochen des Oktobers fegten wilde Herbststürme über die Berge. Dunkle Wolken zogen von Norden her, aufgeblasen mit eisiger Luft. Auch in den geschützten Räumen des Schlosses braute sich Unheil auf. Immer öfter musste sich Mechthild übergeben, obwohl sie die gleichen Speisen zu sich

---

[18] Geldstück

nahm, wie die anderen Mägde auch. Ein neues, größeres Arbeitskleid wurde vonnöten.

„Ich werde halt dicker, weil ich mich hier im Schloss zum ersten Mal in meinem Leben so richtig satt essen kann", hieß Mechthildes Begründung.

„Doas gloob ich dir nich", gab ihr Hemma zurück und musterte sie von oben bis unten. „Andauernd musste kotzen, und trotzdem werschte immer dicker? Ich weeß nich, ich weeß nich! Um die Floppe[19] wirschte immer dürrer, blußig deine Wampe[20] wächst."

„Ich kann mir das auch nicht erklären", antwortete Mechthild erschrocken und log nicht einmal bei allem, was sie so sagte.

Am Abend bot Dorothea Mechthild an, die Betten zu tauschen. Sie wolle ins obere Bett wechseln, damit Mechthild schneller raus könne, falls sie erbrechen müsse. Erschrocken über dieses Angebot wagte Mechthild eine bange Frage. Um die Vertrautheit zu stärken, benutzte sie dabei, ganz gegen ihren Vorsatz, die Bauernsprache.

„Meenste, doas liegt nich oam Essen? Gloobste, es hoat eenen anderen Grund, mein dauerndes Kotzen? Und meine dicke Wampe?"

---

[19] Gesicht
[20] Bauch

„Eenen kleenen Boalg wirschte eim Bauch hoam. Doas macht doas viele Kotzen aus. Werscht een Techtelmechtel gehoabt hoabm, mit eenem Kerle."

Als Mechthild das hörte, begann sie zu weinen.

Stockend, immer wieder von tiefem Schluchzen unterbrochen, erzählte sie von Balder, dem Gärtner aus Liebche. Zusammengearbeitet hätten sie, damals nach dem schweren Unwetter. Geholfen habe er ihr, die abgeschwemmte Erde wieder in die oberen Gärten zu tragen. Jede schwere Arbeit habe er ihr abgenommen. Und angestrahlt habe er sie mit seinen großen Augen. Wie ein Galan habe er sie behandelt, so, als sei sie eine Prinzessin. Begleitet habe er sie an ihrem freien Tag durch den gefährlichen Fürstengrund, zum Schutz vor Räubern oder Wildschweinen. Noch nie in ihrem Leben sei ein Mann so gut zu ihr gewesen wie dieser Balder aus Liebche.

„Balder ist mir der liebste Mensch auf Erden", brachte Mechthild unter Schluchzen hervor, „und da ... doa ... ich weeß nich, ob du doas verstiehst? Der Balder, der hoat mit mir ... ich weeß goarnich, wie ich doas soagen sull."

Dorothea legte ihren Arm um die Weinende und streichelte ihr tröstend über den Arm. „Iss schun gutt. Jetzig nutzt dir doas Noatschen[21] ooch nischts mehr. Woas hoaste gesoagt, wie er heeßt?"

Mechthild wischte sich mit einem großen Tuch die Tränen ab und putzte ihre Nase.

"Balder. Balder heeßt er, hoat er gesoagt. Und aus Liebche sull er sein, hoat er ooch gesoagt."

Weil Dorothea schwieg, schob Mechthild schnell ein Bündel an Fragen nach.

"Du bist doch ooch aus Liebche. Kennst du den, den Balder? Woas ies denn doas fier eener? Ies doas etwa een Lump? Gloobste, der lässt mich eim Stiche? Ar weeß es ja nich, doas mit dem Kindla. Wenn ersch wisste, der wär glei hier, der Balder. Doas ies een su een gutter Mensch. Eenen Freudensprung tät der macha, wenn ersch wisste, doas mit dem Kindla. Gloobstes mir?"

Wieder wurde Mechthild von einem Schluchzen erschüttert.

"Soag halt woas. Siehste nie, wie ich leiden tu? Hoaste goar keen christliches Gewissa nich? Mit keener verstieh ich mich asu gutt, wie mit dir. Soag halt woas."

Dorothea suchte lange nach den richtigen Worten. Gern hätte sie ihre Freundin getröstet, ihr Mut zugesprochen. Sie entschloss sich aber, bei der Wahrheit zu bleiben.

---

[21] Weinen

„Du tust mer leid, Mechthild. Gloob mersch. Oaber, weeßte, ei Liebche, da gibst goar keenen nich, der Balder heeßen tut. Ich täts wissen, gloob mersch. Ich kenn sie olle, die aus Liebche. Eenen Balder, nee, den gibt's ei Liebche nich."

Als Mechthild das hörte, erstarrte sie für einen Moment. Jede einzelne Silbe, von Dorothea zögerlich ausgesprochen, drang wie das Ticken einer Uhr in ihr Bewusstsein. Es dauerte, bis alle Worte den Weg vom Kopf ins Herz fanden, sich dort verdichteten, zusammenklumpten, und ihr zuletzt sogar das Bewusstsein nahmen.

Die Mägde hüteten Mechthilds Geheimnis.

Sie befreiten sie vom Tragen der schweren Wäschekörbe, befreiten sie vom Strecken und Ziehen der großen Tücher. Jede Arbeit, von der sie meinten, sie könnte dem Kind Schaden zufügen, nahmen sie Mechthild ab. Doch trotz aller Heimlichkeiten blieben Mechthilds Veränderungen der Freifrau von Sensenheim nicht verborgen. Die Reaktion der sonst so gütigen Frau erschreckte die Mägde. Kaum hatte die *Madame* den Mädchen ihr Geheimnis entrissen, verging keine Stunde, bis ein livrierter Diener den Wäscheraum betrat und nach einer schwangeren Magd fragte. Mit spitzen, behandschuhten Fingern hielt er Mechthild eine Münze entgegen und bekundete ihr, sie habe das Schloss noch am gleichen Tag zu verlassen.

*

Längst hatte Balder sein Fehlverhalten erkannt.

Als Eule am helllichten Tag das Schloss zu umkreisen, würde Aufsehen erregen. So war er während des Flugs in die Gestalt eines frechen Sperlings geschlüpft und hüpfte darin im Schlossgarten herum. Es drängte ihn, seinem Zartmägdelein nahe zu sein, und er kam gerade zur rechten Zeit. Auf dem Fenstersims sitzend sah er, wie der livrierte Diener Mechthild die kleine Münze in die Hand legte und mit einer forschen Handbewegung eindeutig anzeigte, was zu tun sei.

Lauthals frohlockte Balder.

Endlich würde die Auserwählte nicht mehr hinter den dicken Mauern dieses Schlosses so schwer zu erreichen sein. Unten im Dorf, so hoffte er, könnte er ihr jederzeit schnell zur Seite stehen. Der polternde Vater wäre leicht von ihr fernzuhalten. Ein kleines Unbill mit dem Pferdegespann während der Kutschfahrt ließe sich leicht arrangieren. Und die Mutter, dieses armselige Wesen, würde keine Sorgen bereiten. Schon die schmalste Münze würde sie zufrieden stellen.

Mit diesen fröhlichen Gedanken hüpfte Balder vom Fenstersims und schwirrte dreimal um die große Eiche, verwandelte sich dabei in einen Habicht und schoss wie ein Pfeil hinab in den Fürstengrund.

„Herbei, ihr Brüder, herbei! Nun ist es soweit. Bald wird mein Zartmägdelein am Höllebach durch den Grund laufen. Legt die gesammelten Münzen auf ihren Weg! Aber achtet darauf, damit kein anderer sie findet."

*

Mechthild zögerte, ob sie Bertas Angebot annehmen solle, das blaugestreifte fürstliche Wäscherinnengewand zu behalten.

„Das Kleid will ich nicht", sagte sie dann trotzig. „Nur die Münze nehm' ich mit, für die Mutter, die braucht das Geld. Sonst will ich keine Erinnerung ans Schloss mitnehmen."

Als habe Mechthild mit diesem Satz alles *Fürstliche* beendet, fiel sie zurück in ihre Muttersprache.

„Und damits ihrs oalle wisst: Doas, woas ich eim Bauche heemschleppe, doas ies mir Erinnerung genug."

Trotz dieser rauen Worte umarmten die Mägde sie zum Abschied und gaben gute Wünsche mit auf den Weg. Sie waren immer nett zu ihr gewesen, auch hilfreich und gut. Ob sie hinter ihrem Rücken über ihr Missgeschick lästerten, wusste Mechthild nicht. Jetzt wollte sie es auch nicht mehr wissen. Nun war alles Fürstliche für immer vorbei. Als die eiserne Tür hinter ihrem Rücken ins Schloss fiel, empfand Mechthild den harten Klang wie ein befreiendes Signal. Sie glaubte sogar, der Ton käme vielfach verstärkt im Echo aus dem tiefen Fürstengrund zurück.

„Iss Laba ies halt su, wies ies", sagte sie laut zu sich selbst und stieg hinab zum Höllebach.

Im Bach watete Mechthild bis zu der Stelle, an der ihr das Wasser bis an die Knie reichte. Seine Kühle schreckte sie nicht, im Gegenteil, die Frische belebte sie und weckte in ihr sogar ein Glücksgefühl. Vor Freude strampelte sie mit den Beinen und ließ das Wasser hoch gegen die Felswände spritzen. Sie nahm sogar in Kauf, ihr Kleid zu verschmutzen. Als sie sich ausgetobt hatte, wagte Mechthild einen letzten Blick hinauf zum Schloss. Wie funkelnde Augen starrten die blitzblanken Fenster auf sie herab; wie drohende, unheilverkündende Finger wirkten die Türme.

Entschlossen wandte sie sich ab und machte sich auf den Heimweg.

Kaum war sie einige Schritte gegangen, fiel Mechthild eine Amsel auf, die sie ständig begleitete. Manchmal flog sie direkt neben ihr her, dann wieder leicht voraus. Der Vogel zwitscherte ohne Unterlass, als wolle er ihr etwas erzählen.

„Nu, woas ies? Findste dei Naast[22] nimmer?"

Mechthild versuchte ein Zwiegespräch, spitzte die Lippen und ahmte das Lied des Vogels nach. Eine seltsame Fröhlichkeit war in sie eingezogen. Zu ihrem Erstaunen bemerkte sie, wie furchtlos sie durch den Fürstengrund lief. An Räuber und Wildschweine verschwendete sie keinen Gedanken. Waren sie sonst immer als Schreckgespenster ihre Begleiter gewesen, gab ihr die Amsel als Weggenosse Mut und Zuversicht.

„Weeste woas, kleener schworzer Vugel, doas Laaba ies asu. Amol asu und dann wieder asu, do konnste nischts macha nich."

Alles ‚Fürstliche' hatte sich wie ein Traum aufgelöst. Was nun mit ihr geschehen werde, war Mechthild egal.

„Es kummt, wies kummt."

Erhitzt von den umtriebigen Gedanken blieb Mechthild erschöpft stehen. Zum ersten Mal spürte sie ihr Kind. Beschützend legte sie ihre Hände auf den Bauch.

---

[22] Nest

„Loof ich dir zu schnell?"

Und während Mechthild mit dem, was in ihr wuchs, sprach, wurde ihr bewusst, dass ihr Alleinsein zu einem Ende gekommen war. Ein Leben in Einsamkeit, (wie das der Mesnerin, vor dem sie sich gefürchtet hatte), würde es für sie nicht mehr geben. Mit ihrer rechten Hand fuhr Mechthild unter das Kleid, suchte die nackte Haut über der Rundung des Bauches und streichelte jene Stelle, an der sie das Klopfen des Kindes verspürte.

„Sullst es gutt hoam bei mir, gell ock."

Ein Lächeln wärmte ihr Gesicht.

Wie sie so stand und ihr neues Glücksgefühl auskostete, flog die Amsel vom Ast eines niederen Strauches herab und setzte sich mitten auf den Weg. Mit beiden Flügeln schlug sie gegen ihren Körper und tirilierte in höchsten Tönen. Belustigt sah Mechthild dem Vogel zu ... bis sie die Münze entdeckte, welche auf dem Weg lag. Und nicht nur eine! Zwei Schritte dahinter glitzerte eine weitere. Während Mechthild noch überlegte, was sie tun solle, flog die Amsel auf und flatterte weiter.

„Doas iss sicher een Gottesgeschenk für mich."

Schnell hob Mechthild die erste Münze auf und steckte sie in ihre Schürzentasche. Beim zweiten Geldstück murmelte sie:

„Und die ies für mei Kindla."
Für die nächsten Münzen, die auf ihrem Weg lagen, wusste sie keine Begründung, steckte sie aber alle ein. Erst am Ende des Fürstengrundes, die ersten Häuser des Dorfes waren schon zu sehen, fiel ihr ein altes Sprichwort der Mutter ein:

Wenn die Not am größten, ist Gottes Hilfe am nächsten!
So fühlte sie sich wohl beschützt und ging frohgemut weiter, mochten die Eltern sagen, was sie nur wollten.

*

„Hoaste schun wieder frei?"
Mit ungläubigen Augen blickte die Mutter auf ihre Tochter. Noch auf dem Weg durchs Dorf hatte sich Mechthild vorgenommen, nichts zu verbergen. Nicht

vor der Mutter, und auch nicht vor dem Vater. Eines Tages würde sowieso alles ans Licht kommen, warum dann nicht gleich?

„Fier immer hoab ich frei."

Bewusst wölbte Mechthild ihren Bauch nach vorn und sah die Mutter herausfordernd an. Statt des erwarteten Zornesausbruchs setzte sich die alte Frau auf die Ritsche[23] vor dem Ofenloch, stocherte im Feuer herum und legte zwei dicke Scheite Buchenholz nach. Als spräche sie mit den Flammen, sagte sie:

„Woas sein mir nur fier tumme Luder, mir Weiber. Oolle miteinander."

Mechthild legte vier der im Fürstengrund gefundenen Münzen auf den Tisch, die restlichen band sie in ein Tüchlein.

„Die sein fier dich", sagte Mechthild kurz, fügte aber noch hinzu: „Fier euch."

Dem Geld schenkte Anna Pielok nur einen kurzen Blick.

„Den Voater wird's nich freuen."

„Ändern konn ars ooch nich mehr."

Damit schien für Mechthild alles gesagt.

Sie stieg die enge Treppe hinauf zu ihrer Kammer, setzte sich aufs Bett und stierte die Wand an. Lange saß sie, bis plötzlich die Stiege knarrte. Mutters Tritte klangen schwer und müde. Drei Jungen

---

[23] Fußbank

waren ihr im Kindsbett gestorben, den vierten hatte der König zu den Soldaten geholt. Geklagt hatte die Mutter darüber nie. Wem auch? Vom Vater kam immer nur die gleiche tumbe Antwort:

‚*Iss Laba iss nu amol keene Zuckerlecke nich!'*

Seitdem lamentierte die Mutter nicht mehr. Was ihr aufgebürdet wurde, ertrug sie.

„Mir hoam ja nu nich amol eene Wiege für den Balg. Ich weeß nie ... der Voater muss halt amol ..."

„Die besurg ich mir schun salber", gab Mechthild zur Antwort und war froh, dass ihre Heimkehr, wie sie es empfand, eine glückliche war.

Der Pielok Emil kam erst spät in der Nacht von seiner Tour zurück.

Müde betrat er die niedrige Stube. Auf dem Tisch lag eine dicke Scheibe vom geräucherten Schweinespeck, daneben stand ein Humpen, randvoll gefüllt mit schwarzem Bier. Als der Kutscher das alles sah, wusste er: Ärger war im Haus. Während er kaute, erzählte Anna ihrem Mann mit kargen Worten, wie es um Mechthild stand. Sein lautes Katschen ersetzte seine Antwort.

So lebten die Pieloks von nun an wieder zu dritt in dem kleinen Häuschen, gingen sich gegenseitig aus dem Weg, soweit das in der Enge möglich war. Alles in allem war das keine große Veränderung zum früheren Leben. Mechthild freute sich auf ihr Kind, fürchtete sich aber vor dem Ungewissen.

„Keener gibt dir eene Anstellung", hatte ihr die Mutter prophezeit. „Eene Schwangere darf nich hoart zupacken. Doas Kindla kennte sunst oabsterbn."

Nach diesen Worten drängte sich plötzlich Mechthild ein wilder Gedanke in den Kopf: „Wenns asu ies, da müsst ich bleede Kuh doch nur ... ich keent ja doas Buchenhulz ei kleene Scheitla zerhacka. Immer feste druff. Vielleicht stirbst dabei ab, und doas ganze Elend hätt een schnelles End."

Am nächsten Tag kramte Mechthild die große Axt hervor, legte die schwersten Klötze auf den Hackstock und schlug so fest zu, wie sie vermochte. Die Mutter erkannte sehr schnell ihr Wollen.

„Nee, woas fier een tummes Luder biste blußig. Doas hättste früher macha missen. Glei, wie de doas gemerkt hoast, doas mit dem Bankert. Jetze hilft doas nimmer."

Wann hätte sie es merken sollen?
Weil sie sich im Schloss zwei oder drei Mal übergeben musste? Hätte ihr der Balder nur nicht immer die schweren

Eimer aus der Hand genommen, beim Hochschleppen der abgeschwemmten Erde. Aber der hatte ja besonders darauf geachtet, ihr die schwere Arbeit abzunehmen. Auch wenn die Mutter meinte, es sei zu spät, schonte sich Mechthild nicht. Nachdem der Vater ihr die Axt weggenommen hatte, lief sie hinaus auf das Feld. Zuerst ging sie daran, die Rüben vom Acker zu holen. Erforderte das Herausziehen schon viel Kraft, war es noch schwerer, die klebrigfette Erde abzuklopfen. Mechthild schlug immer zwei Rüben gegeneinander, was trotzdem hängen blieb, kratzte sie mit ihren Fingern ab. War der Korb voll, schleppte sie ihn zum Leiterwagen.

Gegen Abend legte sie sich den Zugriemen über die Schulter, hielt mit beiden Händen die Deichsel fest und zog die Rübenladung durch den Matsch zur heimischen Scheune.

Drei Tage dauerte die schwere Arbeit nun schon an.

Regenschauer hatten die saftige Erde aufgeweicht. Mechthild musste immer größere Pausen einlegen. Das stete Bücken strengte sie an, aber ihr war es nur recht. Vielleicht irrte die Mutter und der Bankert würde doch noch ... dann wieder schüttelte Mechthild kräftig mit ihrem Kopf.

„Über woas sull ich mich nu mehr freun? Ob ichs Kindla krieg, oder ob ichs nich kriegen tu? Hätt ichs, dann wär ich haalt nimmer alleene; oaber wie ichs ernähren sull, doas weeß ich ooch nich. Ich weeß goar nimmer, woas richtig ies; weeß nimmer, wo vunne und wo hinga ies!"

Am Abend, Mechthild wollte gerade nach der Deichsel fassen, um den Wagen nach Hause zu ziehen, kam ein Wanderbursche des Wegs und bot ihr seine Hilfe an.

„Wie ich sehe, tragt ihr ein Kind unter eurem Herzen, schöne Maid. Ihr solltet euch schonen."

Diese, in der Hochsprache gesprochen Worte, erinnerten Mechthild an ihre Zeit als *Fürstliche*. Deshalb antwortete sie ebenso.

„Mein Kind wird auch einmal hart arbeiten müssen. Es kann deshalb nicht schaden, wenn es sich frühzeitig daran gewöhnt."

„Warum hilft euch der Vater des Kindes nicht? Oder habt ihr gar keinen?"

„Doch, doch", beeilte sich Mechthild zu antworten. „Der Vater von dem Kind, ja freilich, den gibt es schon. Der ist aus Liebche … ich mein, der arbeitet in Liebche. Als Gärtner. In der großen Gärtnerei."

„Aber er ist nicht hier. Dann will ich Euch helfen, wenn Ihr gestattet."

Obwohl Mechthild das Angebot schamhaft ablehnte, nahm ihr der Wanderbursche die Deichsel aus der Hand und zog den Leiterwagen bis vor das Scheunentor.

Am darauffolgenden Vormittag musste Mechthild der Mutter bei der Wäsche behilflich sein und kam deshalb erst in den Nachmittagsstunden mit ihrem Wägelchen hinaus auf den Acker. Zu ihrer Überraschung lagen bereits viele Rüben sauber abgeklopft parat auf einem Haufen. Obenauf saß der Wanderbursche.

Als er Mechthild kommen sah, sprang er auf und eilte ihr entgegen.

„Ich warte schon auf Euch, schöne Maid. Heute haben wir das Wägelchen schnell beladen, einen kleinen Teil eurer Arbeit habe ich schon verrichtet."

Mechthild war erstaunt, im Stillen aber freute sie sich. Das Herausziehen der Rüben aus der nassen Erde war immer das Schwierigste für sie gewesen, jetzt lagen die Rüben schon gut gesäubert bereit. Mechthild wickelte sich aus dem Zuggeschirr, wischte den Schweiß von der Stirn.

„Wo habt ihr denn geschlafen, heute Nacht?"

„In einer Scheune", kam als schnelle Antwort. „Wisst, das ist nicht neu für mich. Als Wanderbursche darf man nicht wählerisch sein."

Weil Mechthild nur große Augen machte, ohne ein Wort zu sagen, fügte der junge Mann spitzbübisch hinzu:

„In Eurer Kammer wäre wohl zu wenig Platz für mich gewesen."
Verlegen konterte Mechthild:
„Der Balder, also der, der der Vater von meinem Kind ist, der hätte Euch schneller verjagt, als Euch lieb wäre."
Ohne eine Antwort abzuwarten, lud der Fremde die Rüben auf, denn dunkle Regenwolken drängten zur Eile. Schnell war der Wagen voll, und hurtig ging es dem Dorf zu.

*

„Ei Liebche gibt's keenen Balder nich."
Vaters Worte purzelten über den Tisch, als seien sie ohne Belang. Weder in Liebche noch in der Gärtnerei wisse man etwas von einem Gärtner namens Balder.
„Ich hoab mich genau erkundigt."
Mit ungewöhnlich ruhiger Stimme erzählte der Bierkutscher von seinen Nachforschungen.
„Eenen jeden, der sich ei Liebche auskennt, hoab ich gefroagt. Keen Eenziger kennt eenen *Balder*."
Keinerlei Enttäuschung schwang in den Worten mit, keinerlei Überraschung.
„Die Welt ies halt amol asu, wie se haalt ies. Daran werd sich ooch nischt ändern nich."
Mechthild erregte sich.
„Vielleicht iss der Balder uff der Wanderschoaft."

„Doas gloobste wull selber nie. Een Gärtner gieht nich uff Wanderschaft."

„Und wenn doch?"

„Dann hopst er genausu um die junga Weiber rum, wie der Gestrige hinger dir har gehoppelt ies. Draußen uffm Feld. Ich hoab eich doch gesahn."

Trotz der konträren Gedanken flammte kein Streit auf.

Vater und Mutter und Mechthild saßen am Tisch, steckten sich andächtig ihr trockenes Brot in den Mund und kauten auf ihm herum, als könnten sie so ihre Probleme besser verdauen. Weil aber nicht gelang, was nicht gelingen konnte, verkrochen sie sich in ihr Schweigen, schoben alle brennenden Fragen weg, als werde sich eines Tages die Lösung von selbst anbieten.

Am nächsten Tag legte sich Schnee auf das Land.

Große, schwere Flocken schwebten herab, schon nach wenigen Stunden lag die Erde wie unter einem Sterbekleid. Selbst um die Mittagsstunde wurde es nicht richtig hell. Stets musste die Kerze am Tisch brennen, doch ihre Flamme versprach wenig Hoffnung.

Mechthild räumte ihre Kammer immer wieder um, ohne einen richtigen Platz für die Wiege zu finden, die der Vater herbeischaffen wollte. Die Mutter schlachtete indes zwei Gänse, wollte Federn schleißen für ein Tunzekissla[24] fürs Kind. Der Pielok Emil trug Feuerholz aus dem Schuppen und stapelte es neben dem Ofen hoch auf. Als alles getan war, hieß es nur noch warten. Warten auf das, was kommen würde.

*

In den letzten Tagen hatte sich Balder einem Krähenschwarm angeschlossen, der in der Nähe des Dorfes sein Winterquartier bezog. So konnte er um das Haus des Bierkutschers fliegen, ohne aufzufallen. Während die anderen Krähen vom Misthaufen Fressbares aufpickten, wagte sich Balder auf den Fenstersims. Als er die Schwangere sah, klopfte er mehrfach mit seinem Schnabel an die Fensterscheibe.

Die Bewohner des Hauses erschraken.

„Doas bringt keen Glicke nich", hörte er sie rufen. „Su een schworzer Vuugel ies keen guttes Zeechen nich. Doas mecht een Unglicke bringa, wenn's schun goar oans Fanster kloppt!"

Diese Worte zwangen Balder, dem Fenster fern zu bleiben.

So setzte er sich ins Geäst des Kirschbaumes, der dem Haus am nächsten stand. Weil die Menschen die

---

[24] Kleines Kopfkissen

schwarzen Vögel nicht unterscheiden können, merkte keiner, dass immer die gleiche Krähe zum Fenster herüberschaute.

Nach Balders Berechnungen sollte Mechthild das Kind gebären, wenn die Märzsonne höher steigt und beginnt, den Schnee aufzulecken. Bis dahin galt für ihn, darauf zu achten, dass der Schwangeren kein Leid geschehe. Als er aber sah, wie der alte Pielok eine Wiege heran fuhrwerkte, überfiel Balder eine seltsame Unruhe.

„Das ist zu früh. Noch sind keine neun Monde vergangen; zu zählen weiß ich noch immer gut."

Zugern hätte er sich in eine menschliche Gestalt verwandelt, um ins Haus zu treten, Fragen zu stellen. In welcher Verkleidung er vor Mechthild erscheinen könnte, ohne einen Verdacht aufkommen zu lassen, fiel ihm aber so schnell nicht ein. Als Engel wäre er gern vor sie getreten, was ja der Weihnachtszeit angemessen wäre. Wie sich ein Engel benimmt, welche Worte er zu sprechen hätte, das war ihm aber völlig fremd.

So saß Balder am Tag und in der Nacht vor dem Fenster und bewachte sein *Liebmägdelein*. Letztendlich tröstete er sich mit dem Gedanken, Menschen hätten nun mal die abwegigsten und unerklärlichsten Gedanken. Menschenverstand, so folgerte er, muss aus niederen Quellen gespeist werden, die den anderen, die höheren Geistes sind, verborgen bleiben. Für ihn hieß es warten, nichts weiter als abwarten, was geschehen werde.

*

Aus der dunklen Wolke, die seit Tagen über dem Dorf hing, fielen die weißen Flocken immer dichter. Ein friedliches Bild hätte es sein können, wäre da nicht diese Spannung, die Balder deutlich verspürte.

Und wie recht er hatte.

Wie von Geisterhand aufgeschreckt, flogen die Vögel plötzlich wild durcheinander. Nur Balder blieb sitzen und beäugte das Haus.

„Hull ocke die Mesnerin, oaber hurtig!", rief die Pieloken ihrem Mann zu. „Beeil dich. Schnell. Und steck Hulz ei a Ufen, kräftige Buchenscheite. Unds Woasser uffsetza. Heeßes Wasser brauch mer."

„Nu, woas denn nu zuerschte? Ihr tälschen[25] Weiber wisst doch goarnich, woas ihr wullt. Lusst mich ei Frieden mit eirem Kinderkram."

Obwohl jedes laute Wort vermieden wurde, blieb das Gezeter der Pieloks nicht im eigenen Haus. Die Mesnerin hatte den Wortwechsel gehört. Schnell eilte sie herbei.

Davon erschreckt, flog der Krähenschwarm laut kreischend in den nahen Wald, suchte Schutz auf den dunklen Ästen der Bäume. Nur eine Krähe erhob sich hoch in die Luft und verschwand in den tief hängenden Wolken.

---

[25] einfältig

Kaum hatte Balder sein Federnkleid abgeschüttelt, begann er zu wüten und zu toben. „Zu früh! Zu früh! Sie gebärt viel zu früh!" Er rüttelte an den Bäumen, knickte die Stämme, riss sie gar mit ihren Wurzeln aus der Erde. Alle Blitze, die er den Wolken entreißen konnte, schleuderte er hinunter ins Dorf. Voller Angst verschlossen die Menschen Türen und Fenster. Diesen plötzlich aufkommenden Sturm wussten sie nicht zu erklären. Nur die Phole erkannten Balders Stimme, die tobend durch den Fürstengrund hallte. Sein Schreien und Kreischen zerriss die Wolken und schüttete eine dicke Schneelast auf die Erde. Verschreckt hockten die Menschen in den Stuben und begannen zu beten. Keiner traute sich, das Haus zu verlassen.

So musste der Priester am nächsten Tag die Christmette in der Tannenkirche allein feiern.

In der vorletzten Stunde der Heiligen Nacht gebar Mechthild ein dunkelhaariges Mädchen. Kein Schmerzensschrei war zu hören, kein Gejammer. Die Gebärende ließ alles klaglos mit sich geschehen, als büße sie für tausend Sünden. So still wie

Mechthild die Schmerzen ertrug, so still war auch das Kind. Von der ersten Minute an hatte es selbst geatmet. Es musste weder an den Füßen hochgehalten werden, noch war der übliche Klaps auf das zarte Fleisch notwendig. Selbst als die Mesnerin dem Kind den Geburtsschleim abwusch, blieb es stumm.

„Der Appel fällt nich weit vum Stoamme", murmelte der alte Pielok und war eigentlich auch froh darüber. Mechthild war von dem, was ihr geschah, wie betäubt.

Als ihr das Kind von der Mesnerin an die Brust gelegt wurde, durchströmte sie ein zwiespältiges Gefühl. Die Wärme des Neugeborenen tat ihr gut, seine Nähe weniger.

*

Am Tag nach der Heiligen Nacht dauerte es lange, bis der Himmel endlich aufklarte, doch es blieb ein diffuses Licht. Der Schnee lag so hoch, man hätte bequem durchs Fenster aus dem Haus gelangen können. Emil Pielok beschloss, nach allem, was passiert war, lediglich einen Weg hinüber zum Holzschuppen freizuschaufeln, um Brennholz zu holen. Das Feuer im Ofen durfte nicht verlöschen. Andere Wege freizuschaufeln wäre ihm nicht in den Sinn gekommen.

Zur Weihnachtsmesse zu gehen, für solche Gedanken war an diesem Weihnachtsmorgen kein Platz im Pielokschen Haus.

Mechthild saß in der Stube neben dem Ofen und bewegte stoisch die Wiege. Gab der Säugling auch nur den geringsten Laut von sich, beugte sie sich über ihn und nötigte ihm ein in Honig getauchtes Leinentuch zwischen die Lippen. Gesprochen wurde dabei nicht.

Auch in den nächsten drei Tagen verließ Mechthilds Mund kein einziges Wort. Die Alten schlossen sich diesem Schweigen an. Allein die knarrenden Dielenbretter unter der bewegten Wiege, wie auch die knisternden Holzscheite im Feuerloch wagten es, vom Leben zu erzählen.

Plötzlich zerbrach das Gebimmel eines Pferdeschlittens die Stille.

Die Pieloks hoben ihre Köpfe, blickten mit versteinerten Gesichtern zum Fenster. Ein kräftiges „Brrr!", ein Pferd schnaufte laut auf. Erschreckt sahen sie sich an.

Zuerst erwachte Mechthild aus ihrer Starre. Mit zitternden Fingern griff sie in die Wiege, umkrallte ihr Kind, wollte es herausnehmen, mit ihm auf den Dachboden flüchten - doch sie fürchtete, das Kind könne erwachen und zu schreien beginnen. Das Geplärr wäre bis auf die Straße zu hören.

Während Mechthild überlegte, was zu tun sei, klopfte es an die Haustür.

Ohne einen Zuruf abzuwarten, polterten schwere Schritte ins Haus.

Mit angstvollem Blick forderte Mechthild vom Vater, er solle nachsehen, wer es sein könne, der unaufgefordert das Haus betritt. Doch der Bierkutscher blieb am Tisch sitzen, senkte seinen Kopf und betrachtete seine schwieligen Hände.

Im Hausflur prustete jemand. Man hörte, wie jemand den Schnee aus den Kleidern klopft. Dann wurde es still. Doch die Stille war nur kurz.

Heftig pochte es kräftig gegen die Stubentür.

Noch bevor „Herein!" gerufen wurde, betrat der reiche Schweine-Plüschke die niedrige Stube. Er war in einen dicken Ledermantel gehüllt, hielt die Mütze in der einen, die Peitsche in der anderen Hand.

„Möchts nich erschrecken nich, wenn ich glei asu reigeschneit kumm, im wahrsten Sinn des Worts. Doa hoatt die Frau Hulle ja wieder amol zu kräftig die Fadern ausgeschittelt, möcht ma soan. Aber, bevor ich's vergassen tu: Eene scheene Weihnacht wünsch ich euch. Ei eurer Stuben ies es ja scheen woarm, doas möcht allen grad recht sein."

Dem alten Pielok stand der Mund offen, seiner Frau erging es nicht anders. Noch nie war der reiche Schweine-Plüschke bei ihnen in der niedrigen Stube gewesen. Noch nie hatten sie beim Plüschke ein Ferkel gekauft, um es selber schlachtreif zu füttern. Bei seinen Kutschfahrten kam der Pielok bei vielen Bauern vorbei, bei denen der Preis für ein sechs Wochen altes Ferkel um die Hälfte billiger war, als beim Plüschke.

Sie hatten sich auch kein Geld bei ihm geliehen, was so mancher im Dorf tat, was nun zum Jahresende hin fällig wäre. Dieser unerwartete Besuch blieb ein Rätsel. Während die Alten neugierig den Schweine-Plüschke anglotzten, wurde es Mechthild bange.

‚Der Plüschke hoat bestimmt gehiert, doass sie mich eim Schlusse furtgejagt habm', schoss es ihr durch den Kopf. ‚Nu will er sich als Wohltäter uffspieln und mich wieder in seinen Schweinestall hulln. Zum Ausmista. Ar werd mer für billigen Luhn an Dienst anbieten. Zuerscht werd er mich vorm Voater und der Mutter loben für die Probezeit, die ich bei ihm gemacht hoab', eim zeitiga Frühjahr. Aber, doas weeß ich, nie und nimmer nahm ich vun dem eene Arbeet oan. Nie und nimmer gieh ich nocheenmol nei in dem sein Schweinestall!'

In ihrer Verzweiflung stellte sie sich schützend vor die Wiege, faltete ihre Hände und versuchte ein Gebet.

„Heilige Maria, Mutter Gottes, hilf mir in meiner gruußen Not. Ei dem sein stinkenden Stoall will ich nimmer nei. Um oalles ei der Welt nich. Hilf mir, Heilige Mutter Gottes …"

Aber was würde ihr übrig bleiben?

Über das spärlichste Geplärr des Kindes hatte sich die Eltern schon mokiert. Vieles andere brodelte noch, hockte bislang unausgesprochen mit am Tisch. Wenn die Eltern es wollten, müsste sie beim Schweinezüchter in Dienst gehen. Gehorchen hatte sie schließlich von klein auf gelernt.

Der Anna Pielok brannte eine Frage auf den Lippen, sie wusste aber, es wäre unschicklich, vor ihrem Mann die Rede zu beginnen. Der alte Pielok brauchte aber lange, bis er die richtigen Worte gefunden hatte.

„Muss mir ja eene besondere Ehre sein, doas der Herr Plüschke ei insere kleene Heemte kimmt. Stuuß der nu nich dein Kupp nich oan. Insere Stube ies nich asu huuch,[26] wie die deine."

Mechthild stand schützend vor der Wiege. Das Kind schlief. Die Mutter

---

[26] hoch

räumte einen Stuhl leer und bot ihn dem Gast an.

„Satz dich ock hie, Plüschke, sonst steeßte doch noch mit deinem Kuppe oan die Decke oan."

Der Besucher sah sich bedächtig in der ganzen Stube um.

„Hoabts schun een bisserle enge, dohier."

Der Plüschke trat näher an den Ofen, streckte seine Arme der Wärme entgegen und rieb seine Hände. Der kleine Schritt, mit dem er Mechthild näher kam, erschreckte sie. Mit schnellem Griff rollte sie ihr Kleid vor der Brust zusammen, als müsse sie sich vor einer Überrumpelung schützen.

Der Schweine-Plüschke drehte sich aber wieder von ihr weg. Ganz nahe trat er zum Ofen, öffnete seinen Ledermantel und ließ die Wärme an seinen Körper. Lange stand er so; es schien, er lausche dem Geknister der brennenden Buchenscheite.

Endlich löst er sich aus seiner scheinbaren Starre, ging hinüber zum Tisch, setzte sich auf den angebotenen Stuhl, stellte dabei seine Beine weit auseinander, als solle jeder seine kniehohen, schweinsledernen Stiefel in ihrer vollen Länge betrachten können. Aufrecht sitzend, beide Hände auf die Knie gestützt, blickte er zuerst auf den alten

Bierkutscher, dann auf sein Weib. Zuletzt blieb sein Blick an Mechthild hängen.

Noch einmal kräftig durchatmend, begann er das Gespräch.

„Gehört hab' ich, die Mechthild hat ein Kind geboren."

Erschrocken blickten ihn alle Pieloks an.

So vornehm, in reiner Schriftsprache, hatte der Schweinezüchter noch nie geredet. Die Sprache der Bauern war ihm viel geläufiger. Das Erstaunen galt aber nicht nur dem gestelzten Reden des Plüschke. Vor allem wunderten sie sich darüber, woher er sein Wissen habe. Drei stille Tage waren seit der Geburt vergangen, in denen keiner von ihnen das Haus verlassen hatte. Mechthild war seit ihrer Entlassung aus dem Schloss daheim geblieben, wollte mit ihrem dicken Leib keine Schande über die Pieloks bringen. Nur zur Arbeit auf dem Feld, das gleich hinter der Scheune lag, hatte sie das Haus verlassen. Ihre Angst war zu groß, die Leute könnten pischpern:

„Mir hoans doch glei gewisst: Eene sulch eene isse."

Und nicht nur geflüstert hätten es die Leute. Gespottet hätten sie im Dorf:

„Vielleicht ies es goar een fürstlicher Balg."

„Doa wern die Pieloks sich woas eibilden druff."

„Vielleicht wird's Kindla goar französisch labern, wenn's erschtmoalich ies Maul uffmacht."

Dann war den Pieloks plötzlich alles klar: Die Mesnerin musste geplaudert haben.

Bei jeder Geburt im Dorf war sie dabei, wie eine Hebamme. Wie sie zu den hilfreichen Kenntnissen gekommen war, wusste niemand; doch vielen gesunden Kindern hatte sie schon zum Eintritt ins Leben verholfen. Aber auch das Gegenteil war ihr nicht fremd. *Engelmacherin* wurde sie manchmal genannt, wenn auch nur heimlich, hinter vorgehaltener Hand.

Die Pieloks hatten ihr angedroht, sie würden dem Amtsrichter in der Stadt Kenntnis geben von ihrem schändlichen Tun, käme auch nur ein Sterbenswörtchen über die Geburt von Mechthilds Bankert über ihre Lippen. Sie musste trotzdem geredet haben.

So brodelte das Schweigen in der niedrigen Stube.

Die Pieloks suchten nach einer Antwort auf eine Frage, die noch keiner gestellt hatte. Sie fanden aber keine. So redete der Schweine-Plüschke weiter, benutzte nun aber, um es leichter zu haben, wieder die ihm geläufige Bauernsprache.

„Nu poasst eenmol uff. Loabern mer nich lange um den heeßen Brei rum. Und tutt mer nich derschrecken nich."

Bevor er weiter redete, erhob sich der Schweine-Plüschke und stellte sich breitbeinig mitten in die Stube. Mit seinen kräftigen Armen schob er den Ledermantel zur Seite, stemmte die großen Hände in die Hüften, atmete tief durch und räusperte sich.

„Nu hört amol gutt zu. Doas Kindla, durt ei der Wiege, doas von der Mechthild, woas se geborn hoat ei der Heiliga Nacht, doas ... doas Kindla ies das meine."

Vor Schreck schlug die Hand des alten Pieloks auf die hölzerne Tischplatte. Seine Frau hielt sich mit beiden Händen am Türrahmen fest.

„Müsst nich gleich su erschrecka nich. Ihr keennts mir glooben. Emil, du weest es doch noch. Eim Märzen woar's gewast. Uff Probe woar die Mechthild bei mir. Eene Wuche lang. Oder weeßtes nimmer? Bei mir koann eener viel lerna, nich nur ies Füttern von die Schweine. Ooch die Zucht und die Ordnung bring ich oallen bei, die bei mir ies arbeeten lerna tun. Ooch eenem Madel. Bei sulchen nimmt man ja nich den Haselnussstecken, um zu zeign, wuus lang gieht. Doa gibt's ganz woas andersch, woas eenem Madel zeigt, wer der Herr eim Hause ies. Een bissel Freude sull ja ooch bei der Arbeit sein. Nu ja, nu nee."

Weil von den Pieloks noch immer keine Antwort kam und nichts schlimmer ist, als ein beredtes Schweigen, schob der Schweinezüchter nach:

„Die Mechthild hoat ja nieamol gewusst, wie die kleenen Schweinle ina Bauch von der Muttersau nei kumma. Nu ja, doas hätts Madel schun wissen missn."

Der Schweine-Plüschke wischte seine Handflächen gegeneinander, wie er es sonst immer tat, wenn ihm ein gutes Geschäft gelungen war. Von den ratlosen Gesichtern, die ihn wie versteinert anstarrten, ließ er sich nicht aus seinem Redefluss bringen.

„Nu ja. Nu nee. Ich denk mer, ies werd so am letzten Tag gewesen sei. Wie die Mechthild groad asu dabei woar und hoat sich hiegekniet uff die Diele und hoat a Fußboden geschruppt, doa werds halt passiert sei. Nu ja, nu nee, asu ies es halt eenmol eim Laba mit die Weiber."

Der Schweine-Plüschke zuckte mit seinen Schultern und verzog seinen Mund zu einem breiten Grinsen.

„Ihr kients ja salber ausrechnen, ob's stimmt, woas ich soag. Im Märzen woar se bei mir, die Mechthild, und das Kindla ies eim Dezember geborn. Doas sein genau neun Monde. Stimmts?"

Mechthild würgte es im Hals.

Beide Hände schützend vor den Mund gedrückt, stürzte sie zur Tür hinaus, wollte die Stube nicht beschmutzen. Die alten Pieloks sahen sich an, aus ihren Augen blitzten gegenseitige Schuldzuweisungen.

„Nu ja, nu nee", begann der Plüschke erneut, „macht halt keene Gesichter nich. Ich loass sie ja nich sitzen nich, die Mechthild. Mei Weib sull's werden, die Mechthild. Die Froo vom reichen Schweine-Plüschke. Doas ies doch eene Karriere fürs Madel, nich woahr nich? Und für euch doch ooch! Oder nich?"

Es dauerte, bis der alte Pielok in die Wirklichkeit zurück fand.

"Wuher weeßt denn du ieberhaupts, doass doas Madel ... ich meen ..."

„Brauchst nie asu rumzudrucksa, Emil. Der Plüschke weeß oalles, woas es uff der Welt Neies gibt. Ihr hoabt wull geducht, weil's Kindla oam Heiliga Obend doas Licht der Welt derblickt hoat, doas könnt vum Heiliga Geist sei. Nee, nee, gloobts mersch, der Heilige Geist, der hoat doas wull blußig een eenziges Moal gemacht. Een heiliges Kind, meen ich. Noch eens macha, doass es die Leut wieder oans Kreuz noageln, nee, nee, doas gloob ich nich. Doas macht der wull nimmer, der Heilige Geist."

Der Schweinezüchter glaubte, ihm wäre ein guter Scherz gelungen und begann zu lachen, doch keiner stimmte in sein Lachen ein. Mechthild war unterdessen wieder in die Stube zurückgeeilt, fürchtend, der Plüschke könnte ihr das Kind entführen.

„Weeßte, Pielok, der schlaue Plüschke weeß sugoar noch mehr. Ar weeß, doass es keen Junge nich ies, wie doamals ei der Heiliga Nacht. Es woar ooch keen gruußer Stern über eurer Heemte nich, gloob mersch. Schniewulken[27] woarns, dicke, fette Schniewulken. Macht oaber nischt, wenns keen Junge nich ies. Eenen Junga, den kenna mier später ooch noch praktiziern. Ich bin ja noch gut eim Futter. Gell, Mechthild."

Zwischen dem Pielok-Kutscher und seinem Weib flogen die Blicke nur so hin und her, lange Worte waren nicht nötig.

„Nu, wenn du's soagst, Plüschke, doa wird's ooch su sein."

Kaum hatte der alte Pielok das ausgesprochen, klatschte der Schweinehändler laut in seine Hände, wie es beim Schweinekauf üblich war.

„Nu gutt, Emil, wenn du's so soagst, dann loass ich die Schloafkammer in meinem Haus herrichten. Oaber für zwee, verstieht sich. Und für die Wiege finda mier allemoal eenen Ploatz."

Als sei damit alles gesagt, griff der Schweinezüchter nach seiner Peitsche

---

[27] Schneewolken

und seiner Ledermütze. Auf dem Weg zur Tür drehte er sich noch einmal um. „Doass doas kloor ies, schun ei der nächsten Wuche hull ich die Mechthild und mei Kind zu mir heem."
Was wollte Mechthild schon groß dagegen sagen. Ihr wurde auch keine Frage gestellt.

Ihre Hoffnung, der Balder aus Liebche wäre der Vater ihres Kindes, zerrann wie der Schnee an den Schuhen des Schweinezüchters. Ein hagerer Gärtner wäre ihr als Gemahl lieber gewesen, als der immer nach Schweinemist stinkende und in die Jahre gekommene Plüschke. Josefa hatte ihr einmal erzählt, es würden manchmal schon nach sechs Monaten Kinder geboren. Gesunde Kinder. Mit Balder war sie im Juni, gleich nach dem schweren Unwetter, zusammen gewesen. Das passte genau in ihre Rechnung. Mechthild wusste es nicht, woher sollte sie auch etwas wissen. Dem Balder hätte sie ihr Kind gegönnt, dem Plüschke nicht.
Und während Mechthild noch nachsann über das, was um sie geschah, begann die Mutter zu drängen.
„Mach nur zu und genier dich nich. Eene Fürstliche wärste nie gewurn nich. Niemoals! Keener wächst aus seinem Stande naus. Doa koannste schrubba, wie

de willst, den Stoallgeruch der kleenen Leute wirschte niemoals nich los nich."

Mechthild blieb also nichts, als ihre wenigen Sachen zu packen. Alle Träume von der Zeit im fürstlichen Schloss, gleich ob mit Jägersmann oder Gärtner, galt es zu vergessen. Als einziges blieb ihr, sich wieder an den Schweinegeruch zu gewöhnen.

*

Wie zur Ehre es ersten Sonntags im neuen Jahr zauberte eine winterliche Sonne ein Glitzern und Glänzen über die weiße Pracht, welche die Erde dick bedeckte. Als die Glocken läuteten, fuhr der Schweine-Plüschke, gekleidet in seinen besten Pelz, im prächtig geschmückten Schlitten vor der Tannenkirche vor. Die hellen Glöcklein der beiden Rösser wetteiferten mit dem kläglichen Gebimmel der kleinen Glocke im Turm. Neben dem wohlhabenden Mann, der selbst die Zügel führte, saß Mechthild, tief in dunkle Kleider und Tücher gehüllt. Ihr Gesicht, ihr ganzer Kopf war hinter einem schwarzen Schleier versteckt. Es sah aus, als schämte sie sich vor den Menschen, wollte nicht erkannt werden.

Galant half der Schweine-Plüschke seiner Braut vom Pferdeschlitten und

führte sie, fest am Arm haltend, ins Innere der kleinen Kirche. Wer genau hinsah, konnte erkennen, welche Kraft der Mann anwenden musste, die Auserwählte zum Altar zu führen.

Aus der hintersten Ecke der Kirche erklang, von einem dünn besetzten Mädchenchor schüchtern vorgetragen, der Choral:
„Gib dich zufrieden und sei stille."
Obwohl eine Hochzeit zu den größten Ereignissen gehörte, die das kleine Dorf in Erregung versetzen konnte, waren die Kirchenbänke nicht vollbesetzt. Gleich beim Eintritt floh Mechthilds sehnsüchtiger Blick durch den schwarzen Schleier wie Hilfe suchend hinüber zum Marienaltar. Zur Bank der Jungfrauen. Einsam und allein saß dort die Mesnerin. Als die alte Frau die Nähe der schwarzen Braut spürte, schlug sie wie wild unzählige Kreuze, die ihr so groß gerieten, dass alle Kirchbesucher darunter Schutz gefunden hätten.

„Der Leibhaftige, der Leibhaftige", murmelte sie unentwegt und wurde dabei so laut, dass ihr der Pfarrer einen giftigen Blick zuwarf.

Mechthild vernahm von allem, was um sie geschah, nur wenig.

Sie ließ alles geschehen, wie sie schon immer in ihrem Leben alles hatte geschehen lassen. Sie wusste nicht einmal, ob ihr ein „Ja" über die Lippen gekommen war, als der Schweine-Plüschke sie kraftvoll in die Hüfte gestoßen hatte. Als der, dem sie angetraut wurde, ihr den Ring auf einen ihrer froststeifen Finger stecken wollte, waren ihre ineinander verkrampften Hände kaum zu lösen. Und während allem, was zelebriert wurde, flohen Mechthilds Gedanken zurück zum fürstlichen Schloss; verirrten sich in den lichtlosen Gängen; durchwanderten den Fürstengrund; sahen einen stolzen Förster an ihrer Seite; huschten nach Liebche auf der Suche nach Balder. Erst das Gebimmel der Schlittenpferde bei der Heimfahrt holte sie zurück in die Gegenwart.

In der Nacht vergaß Mechthild, für einen kleinen Moment, wo sie sich befand. Ihr Kind lag an ihrer Brust und sog sich schmatzend voll. In stiller Glückseligkeit kuschelte sich die junge Mutter in das große Federbett, schreckte aber auf, als ihr Ehemann sich über sie beugte. Der penetrante Schweinegeruch legte sich wie eine Zentnerlast auf sie. Und auf das Kind. Beschützend deckte Mechthild das Bettzeug über den Kopf des Kindes, während sie einen Kuss ihres Gemahls tapfer ertrug. Ihr Stoßgebet, das still zum Himmel stieg, galt nicht ihrem Seelenheil, sondern dem ihres Kindes.

„Lieber Gott eim Himmel", betete Mechthild, „gab ock, doass meine Brust tut überquellen. Meine Milch sull mei Kind nich nur ernähren nich. Am ganza Körper möcht ich mei Kindla jeden Toag mit meener Milch eireim[28], damit der eklige Schweinegeruch nich in mei Kind eidringt."

*

Bis zu ihrem fünfunddreißigsten Lebensjahr gebar Mechthild dem Schweine-Plüschke weitere drei Kinder. Zwei Jungen und ein Mädchen. Ihre Erinnerung an die Zeit im fürstlichen Schloss verblasste von einer Geburt zur anderen immer mehr.

Allein in ihren Träumen kehrten manchmal Bilder zurück, angefüllt mit vielfältigem Glitzern und Leuchten. Einmal sah sie sich durchs Schloss wandeln, nicht als Magd, sondern, in prächtige Kleider gehüllt, an der Seite des Fürsten (den sie niemals gesehen hatte). Geriet einer Bediensteten der Hofknicks nicht tief genug, rügte sie das arme Mädchen nicht, sie machte ihr die richtige Haltung vor, um sie zu lehren.

Am liebsten sah sie sich im Traum durch die Gärten wandeln. Trotz des märchenhaften Federhuts, den sie voller Stolz trug, hielt sie bei ihren geträumten Spaziergängen einen zierlichen

---

[28] einreiben

Sonnenschirm schräg gegen die Sonne und palaverte mit anderen Damen des Hofes in fremdländischen Sprachen.

Erwachte Mechthild aus einem dieser trügerischen Träume, genügte ihr ein tiefer Seufzer, um in die Wirklichkeit zurückzukehren. Allein der Wunsch, ein solcher Traum möge in der nächsten Nacht, oder in der übernächsten, wieder über sie kommen, hing ihr noch einige Sekunden nach. Dann öffnete sie Augen und Nase und kehrte, mit einem zweiten Seufzer, zurück in die Welt, die jetzt die ihre war.

*

Bei der Geburt ihres fünften Kindes starb Mechthild.

In der Stunde ihres Dahinscheidens erlebte sie zum ersten Mal nach vielen, vielen Jahren wieder dieses wunderbare, berauschende Gefühl des Schwebens, des schwerelosen Dahingleitens. Die Empfindung überirdischer Glückseligkeit.

*

Im Fürstengrund war Stille eingekehrt.

Die Kräfte der Phole schwanden dahin. Balder, der sich als letzter Geisterfürst aufgespielt, verzehrte sich an seinem eigenen Unvermögen. Unentwegt grübelte er über sein Versagen. Wohl hatte er damals den penetrant süßlichen

Schweinegeruch an seinem Zartmägdelein wahrgenommen, jedoch geglaubt, er ströme allein aus Haaren und Haut der Jungfrau. Dass der Geruch bereits eingemischt war in den Duft der jungfräulichen Blume, das war ihm, wohl in seinem Übereifer, verborgen geblieben. Wie dem auch sein mochte, seine Unfähigkeit, eine reine Jungfrauenquelle am Duft zu erkennen, hatte ihn zum Spott seiner Brüder gemacht. Zu jeder Mitternachtsstunde hielten sie ihm vor, nur der, dem es gelänge, ein echtes Jungfräulein zu schwängern, könne der Höchste aller Geister sein – er aber, Balder, habe sich vertan. Wie also wolle er weiterhin ihr Fürst sein? So spotteten sie über den Versager und verweigerten ihm den geschuldeten Gehorsam.

Als der Höllebach nach der ersten Schneeschmelze Hochwasser führte, setzte sich Balder voller Verzweiflung auf einen entwurzelten Baum und ließ sich wegtreiben. Wohin, war ihm egal. Kaum hatte er den Fürstengrund verlassen, begannen seine Brüder Budger, Botan und Barchet um den verwaisten Thron zu streiten. Anstatt nach einem Jungfräulein zu suchen, welches ihr Überleben hätte retten können, stellten sie sich gegenseitig Fallen, hintergingen sich und vergeudeten so ihre Kräfte.

Seitdem herrscht Stille im Fürstengrund.

Doch sie kann trügerisch sein. Wer von uns Menschen kennt schon die Dauer saturnischer Jahre?

*

Die Bewohner des kleinen Dorfes unter dem Fürstenschloss glaubten trotzdem an das Ende der Herrschaft der Phole. Mutig gaben sie dem Höllebach einen neuen Namen. *Hellebach* wird er seitdem genannt, obwohl sein Wasser noch immer schwarz aus dem Fürstengrund fließt.

***